Heredera secreta

EMILIE ROSE

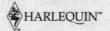

HARLEQUIN™

Editado por HARLEQUIN IBÉRICA, S.A.
Núñez de Balboa, 56
28001 Madrid

I.S.B.N.: 978-84-671-8639-0
Depósito legal: B-25959-2010
Editor responsable: Luis Pugni
Preimpresión y fotomecánica: M.T. Color & Diseño, S.L.
C/ Colquide, 6 portal 2 - 3º H. 28230 Las Rozas (Madrid)
Impresión y encuadernación: LITOGRAFÍA ROSÉS, S.A.
C/ Energía, 11. 08850 Gavá (Barcelona)
Fecha impresion para Argentina: 31.1.11
Distribuidor exclusivo para España: LOGISTA
Distribuidor para México: CODIPLYRSA
Distribuidores para Argentina: interior, BERTRAN, S.A.C. Vélez
Sársfield, 1950. Cap. Fed./ Buenos Aires y Gran Buenos Aires,
VACCARO SÁNCHEZ y Cía, S.A.
Distribuidor para Chile: DISTRIBUIDORA ALFA, S.A.

Capítulo Uno

«Ya estamos otra vez».

Lauren dejó escapar un suspiro de contrariedad mientras pulsaba el botón del ascensor. Ser llamada a la oficina de su hermanastro era como que te mandasen al despacho del director… si alguna vez se hubiera atrevido a hacer una travesura en el colegio

Trent no la quería allí, una opinión que había dejado bien clara desde que su madre utilizó su puesto como presidenta del consejo de administración y mayor accionista de Hightower Aviation Management Corporation para obligarlo a contratarla como piloto seis semanas antes.

Trent no podía despedirla, pero había hecho todo lo posible para que renunciara a su puesto. Parecía disfrutar encargándole trabajos que nadie más quería: clientes insoportables, vuelos nocturnos y aterrizajes en aeropuertos de tercera categoría. La llamada de aquel día sería para algo parecido, pero pronto se daría cuenta de que ella podía con todo.

El ascensor se detuvo en la tercera planta y dos mujeres con tarjetas identificativas en las que se indicaba que eran empleadas de la empresa entraron sin decir nada. Las dos miraron a Lauren de arriba abajo, haciendo que deseara haberse puesto el uniforme de piloto. Pero no podía montar su Harley llevando falda. Y si aquellas dos habían recibido un informe de su hermanastro pidiéndoles que le hicieran la vida imposible, pronto descubrirían que a ella le daba igual.

Nunca antes la había odiado nadie, pero además de las miradas frías de otros empleados, tenía a tres de sus cuatro recién descubiertos hermanastros deseando que desapareciera de la faz de la tierra. Y era lógico, claro. Ella era un recordatorio constante de la infidelidad de su madre, la hija que Jacqueline Hightower había tenido con su amante; un secreto que Jacqui había logrado esconder en otro Estado durante veinticinco años.

Las puertas del ascensor se abrieron en la décima planta y las mujeres de cara avinagrada bajaron, de nuevo sin molestarse en decir una palabra.

Mientras las puertas se cerraban de nuevo, Lauren tuvo que contener el deseo de pulsar el botón del vestíbulo, volver a Florida y olvidarse de su recién encontrada familia. Una pena que los Hightower, con sus corazones renegridos y avariciosos, fueran sus únicos parientes. Pero, por Falcon Air, tendría que soportar su desagradable actitud hasta que tuviera información suficiente sobre la muerte de su padre; una información que sólo Jacqui podía darle.

¿Se había suicidado o había sido un accidente? Su madre había sido la última persona en hablar con él. Si su padre hubiera estado considerando ha-

4

cer algo tan desesperado, Jacqui tendría que haber notado algo. Pero ella no decía nada y hasta que el Ministerio de Transportes y la compañía de seguros terminasen con sus investigaciones, Lauren tenía las manos atadas.

No quería creer que su padre hubiera terminado con su vida deliberadamente, pero la alternativa era aún más horrible porque ella lo había ayudado a construir el avión experimental con el que se había estrellado...

Si el accidente había sido provocado por un fallo del equipo parte de la culpa sería suya.

El sentimiento de culpa y la angustia la obligaron a cerrar los ojos, intentando contener la emoción. Pero cuando las puertas del ascensor se abrieron en la planta ejecutiva Lauren respiró profundamente y se preparó para otra batalla.

«Sólo por ti, papá».

Guardando los guantes en el casco de la moto, salió del ascensor, sus botas hundiéndose en la espesa alfombra, otro recordatorio de que ya no estaba en Daytona. El lujoso rascacielos de los Hightower no tenía nada que ver con los suelos de cemento del hangar en el que ella había crecido.

Intentando sonreír, desabrochó su cazadora mientras se aproximaba al despacho de «la esfinge». Hacer que la secretaria de su hermanastro sonriera se había convertido en una misión para Lauren. Una misión en la que aún no había tenido ningún éxito. Aquella mujer debería ganarse la vida jugando al póquer.

–Hola, Becky. El jefe quiere verme.

La secretaria miró su reloj.

–Le diré que has llegado por fin.

Lauren se mordió la lengua. Trent tenía suerte de que hubiera contestado al teléfono en su día libre, pero tenía que hacer un esfuerzo por mostrarse civilizada.

Mientras esperaba, estudió las flores que adornaban el despacho de Becky. El ramo debía haber costado tanto como seis litros de combustible. Bonito, pero un desperdicio de dinero, en su opinión.

–Puedes entrar –dijo Becky entonces.

Cuánta formalidad. En casa, ella solía llamar a la puerta del despacho de su padre y su tío Lou y entraba después sin esperar un segundo. Ellos no tenían secretos… o eso había pensado.

–Gracias –Lauren empujó la puerta del que había empezado a llamar «el salón del trono». Su hermanastro estaba sentado detrás de su escritorio, del tamaño de un campo de fútbol, tan arrogante y desagradable como siempre.

–¿Me has llamado?

Claro que la había llamado, interrumpiendo su excursión en moto por Knoxville. Él no podía saber cuánto disfrutaba olvidándose de todo mientras recorría aquellas sinuosas carreteras después de una vida entera en las rectas calles de Daytona. Pero no pensaba decirle que le había estropeado el día.

Trent la miró de arriba abajo con gesto despectivo, pero no era en eso en lo que Lauren estaba fijándose porque, de repente, se le había erizado el vello de la nuca. Y, cuando se volvió, unos ojos oscuros se clavaron en los suyos. Era un hombre muy alto de pelo negro, alguien a quien no conocía. El extraño miró la cazadora de cuero negro, las botas y el casco colgando de su mano con una sonrisa en los labios…

Por su elegante traje oscuro imaginó que era un cliente. Y si estaba allí, seguramente también sería un idiota arrogante por guapo que fuera. Su hermanastro sólo le asignaba ese tipo de cliente.

Tomando la iniciativa, le ofreció su mano.

–Yo soy Lauren Lynch. ¿Y usted…?

–Gage Faulkner –se presentó él, envolviendo su mano con otra grande, masculina, que de repente la dejó sin respiración. Lauren tiró de su mano, pero él no la soltó–. Parece demasiado joven para ser un piloto de líneas comerciales –dijo el extraño, mirando a Trent.

–Tú sabes que nunca contrataría a alguien que no estuviera cualificado –replicó su hermanastro.

Lauren tiró firmemente de su mano para liberarse de esa extraña presión.

–Tengo veinticinco años y soy piloto desde los dieciséis. Y en mi currículo hay diez mil horas de vuelo.

Faulkner la miró de nuevo y Lauren se fijó en unos puntitos dorados en los ojos castaños. Y también tenía unos bonitos labios, muy sensuales.

Pero era un cliente.

La advertencia apareció en su cerebro como un letrero luminoso. Mantener una relación con un cliente podía hacer que la despidieran. ¿Estaría Trent tendiéndole una trampa? No podía estar segura ya que las demás estrategias de disuasión habían fracasado.

¿Qué pensaba, que no podría resistirse a una cara bonita? El tonto no sabía que llevaba defendiéndose de caras bonitas desde que era una adolescente. Ella no era una belleza, pero tampoco era fea y en su trabajo la proporción de hombres era gigantesca. Su padre y su tío Leo la habían vigilado como perros guardianes, pero ellos no estaban siempre a su lado, de modo que había tenido que aprender a defenderse por sí misma.

–Disculpa el atuendo de Lauren –dijo Trent entonces–. Te aseguro que, en circunstancias normales, en esta empresa hay un código de vestimenta.

–Es mi día libre. No estaba de uniforme esperando que me llamaras –replicó ella–. Cuando dijiste que era urgente vine enseguida en lugar de hacerte esperar yendo a casa a cambiarme.

Faulkner tuvo que contener una risita y Lauren lo miró con gesto de advertencia. Él se pasó una mano por la cara, escondiendo la boca, pero en sus ojos había un brillo burlón. Y, por alguna razón, eso la molestó aún más.

–Siéntate, Lauren –dijo Trent, con ese tonito superior que la sacaba de quicio. Cualquier día alguien iba a quitarle el tren de aterrizaje de golpe y esperaba estar cerca para presenciarlo. Aunque seguramente no sería así porque pensaba irse de Knoxville y abandonar a sus fríos parientes en cuanto hubiera conseguido de su madre lo que quería.

Lauren se sentó en un sillón, al lado de Faulkner, concentrándose en su hermanastro.

–¿Qué es eso tan urgente que no podía esperar hasta mañana?

–Gage necesita un piloto.

Ése era su trabajo, piloto de la empresa Hightower. Entonces, ¿por qué algo le decía que aquél no era un encargo normal?

–¿Dónde tengo que ir?

Probablemente a algún sitio infestado de mosquitos con una pista de aterrizaje llena de baches.

–Gage usará diferentes aviones dependiendo del viaje y del equipo que lo acompañe. En general, pilotarás un jet de tamaño medio y ocasionalmente una avioneta o un helicóptero.

Eso la sorprendió gratamente, pero la descripción del trabajo parecía demasiado interesante ya que la empresa Hightower hacía que sus pilotos volaran en un solo tipo de avión para que estuvieran familiarizados con los controles.

Ésa había sido su primera queja desde que llegó. Ella vivía por la variedad y le encantaba probar la capacidad de diferentes aparatos.

¿Su hermanastro estaba siendo generoso con ella? ¿Por fin estaría haciendo caso a su conciencia? Lauren no lo creía ni por un minuto.

–Trent me ha dicho que puede usted manejar cualquier aparato.

La voz ronca de Faulkner llamó su atención. Se refería a aviones, ¿no?

–Puedo manejar cualquier cosa que tenga alas y motor. Pilotar aparatos diferentes es una de mis aficiones –dijo Lauren–. ¿Pero cuál es la pega?

¿Había imaginado que la expresión de Faulkner se oscurecía por un momento?

–Si va a pilotar para mí, tendrá que estar disponible veinticuatro horas al día, empezando mañana a las cinco de la madrugada.

—¿Y? —preguntó Lauren, mirando a su hermanastro.

—Trabajarás exclusivamente para Gage. Es un encargo especial.

El matón estaba intentando quitársela de encima y ella no podía decir nada delante del cliente, a menos que quisiera ser despedida por insubordinación.

Lauren apretó los dientes. Que la apartasen del horario habitual era como que la enviasen a su habitación sin cenar. Y ella no había hecho nada para merecerlo. Trabajar para un solo cliente limitaría sus horas de trabajo y, por lo tanto, su sueldo. Pero su madre nunca permitiría…

No. No le diría nada a Jacqui. Su relación era demasiado nueva como para pedirle que eligiese entre su hijo mayor y su hija pequeña. Aquélla era una guerra entre Trent y ella y Lauren se negaba a dejarlo ganar.

—¿Seré piloto o primer oficial?

El necio de su hermanastro la había limitado a volar como copiloto hasta el momento. Lauren no había sido primer oficial en años y los pilotos con los que la hacía volar a menudo tenían menos horas de vuelo que ella, pero había aceptado el puesto para conseguir la acreditación necesaria porque los aparatos y el equipamiento eran nuevos para ella. Podía soportar la indignidad mientras al final la beneficiase.

Trent guardó el bolígrafo en el portalápices.

—Ninguno de los aparatos que Gage ha pedido necesita un copiloto.

–Pero a ninguno de los otros pilotos de Hightower se le ha asignado un encargo privado.

–Mis otros pilotos no tienen tu... variada experiencia –Trent había hecho que el comentario sonara como un insulto en lugar de un halago, pero a Lauren le daba igual.

«No dejes que te saque de quicio. Tú sabes que eso es lo que quiere».

–¿Durante cuánto tiempo durará el trabajo?

–Durante el tiempo que Gage te necesite. Becky tiene el horario y los planes más inmediatos –Trent se levantó, como dando por terminada la reunión.

Lauren había descubierto que discutir con su hermanastro era una pérdida de tiempo. Además, lo bueno del encargo era que en aquella ocasión podría pilotar aparatos nuevos, pensó, levantándose.

Faulkner se levantó también para ofrecerle su mano.

–Estoy deseando volar contigo.

Su tono frío desmentía esas palabras y Lauren se preguntó si Trent lo habría envenado contra ella como hacía con todo el mundo.

Cuando estrechó su mano se quedó sin aliento de nuevo... y algo brilló en los ojos de Gage Faulkner, haciendo que se preguntase si también él lo había sentido. Aunque daba igual, no estaba interesada.

–Haré todo lo posible para que los vuelos sean agradables y puntuales –Lauren se dio la vuelta para salir del «salón del trono», con la mirada del aguafiestas de Trent siguiéndola hasta el despacho de «la esfinge».

–Gage es un amigo personal –dijo su hermanastro antes de salir–. No metas la pata o te quedarás sin trabajo.

Ah, ahí estaba la pega. Trent le había asignado trabajar para un espía, uno que intentaría encontrar razones para despedirla.

¿Era o no era eso amor fraternal? Lauren tuvo que contener el deseo de replicar. Pero daba igual, lidiaría con Trent hasta que hubiera conseguido lo que buscaba y luego le diría lo que podía hacer con sus aviones y con su despótica actitud.

–Es muy sencillo, hermanito, trataré a tu amigo como a la más preciada carga.

La expresión de Trent cuando lo llamó «hermanito» casi hizo que soltase una carcajada. Un punto para la hermana pequeña.

Pero ella sabía que no debía bajar la guardia. Aquella batalla no había terminado.

¿Ángel o demonio?

Gage siguió a Lauren Lynch con la mirada mientras salía del despacho. Aquella mujer era una contradicción, con sus enormes ojos azules y su aspecto de niña buena y la cazadora de cuero negro abrazando sus curvas…

El efecto del apretón de manos había sido una inesperada sorpresa, pero aunque no fuese la hermana de Trent era demasiado joven para él y no tenía ni tiempo ni inclinación para complicaciones cuando estaba a punto de conseguir su objetivo: convertir la consultoría Faulkner en la mejor de la industria y tener seis millones en inversiones seguras.

–El anuncio ha sido un poco prematuro –dijo Gage cuando Lauren cerró la puerta–. Aún no me has convencido para que vuele con Líneas Aéreas Hightower.

–Lo haré.

Tal vez sí, tal vez no. Pero le daría a Trent una oportunidad porque se la debía.

–Lauren te pone las cosas difíciles.

–Pero es lo bastante lista como para no pasarse de la raya y darme razones para despedirla. Además, tiene a mi madre comiendo de su mano.

–¿Seguro? Jacqueline es muy inteligente. Tienes que admitir que fue ella quien impidió que la empresa se hundiera tras la muerte de su padre. Incluso consiguió vuelos internacionales convenciendo a sus millonarios amigos para que emplearan vuestros servicios en sus viajes de placer.

Trent volvió a sentarse frente al escritorio.

–Pero esta vez mi madre se ha equivocado.

–¿Y qué tiene que ver conmigo? Tu mensaje decía que necesitabas mi ayuda, pero no me dabas detalles.

Trent Hightower se pasó una mano por la cara.

–Hace dieciocho meses mi madre fue a Daytona y poco después empezó a retirar grandes cantidades de dinero en efectivo todas las semanas, entre veinte y treinta mil dólares. Ha vuelto a Daytona dos veces al mes desde entonces…

–¿Era dinero de la compañía?

–No, no, era dinero propio, pero su contable llamó para contármelo y le pedí que siguiera alertándome sobre tan extrañas transacciones. ¿Recuerdas lo que pasó con tu padre y el mío?

Gage tragó saliva.

–Sí, claro.

Él sólo tenía diez años cuando su padre pidió un préstamo poniendo como aval su negocio y su casa… y lo perdió todo.

Tener que vivir en el coche durante seis meses no era algo que Gage pudiese olvidar y Trent era el único que sabía esos detalles de su vida.

–¿Por qué retiraba ese dinero Jacqueline?

–Eso es lo que estoy intentando averiguar. Si mi madre ha perdido la cabeza, o se está volviendo senil, quiero que salga del consejo de administración antes de que haga un daño grave a la empresa.

–Pero hará falta algo más que especulaciones para eso.

Trent miró los papeles sobre la mesa de su despacho.

–Los gastos de mi madre y sus viajes a Daytona se duplicaron unos meses antes de que Lauren se mudase a Knoxville. Lauren es de Daytona, claro. Imagino que descubrió que su madre biológica era millonaria y decidió meter la cuchara en el pastel.

–Lauren no parece una cazafortunas.

–No dejes que te engañen esos ojitos azules. Si no tuviera buenas razones para sospechar que está interesada en el dinero de mi familia no te hubiese llamado.

Trent, como Gage, no era el tipo de persona acostumbrada a pedir ayuda. Que su amigo lo hubiera llamado significaba que estaba desesperado.

–Si tu madre le está dando dinero a tu hermana…

14

–Hermanastra –lo interrumpió Trent–. Y sólo acepté que lo era después de hacer una prueba de ADN durante el proceso de contratación.

–¿Eso es legal? ¿Lo sabe Lauren?

–Dudo que lo sepa, pero firmó un contrato que nos permitía hacer todas las comprobaciones que quisiéramos.

–¿Y bien?

–Habría sido muy fácil despedirla si hubiera dado positivo por drogas o si en el informe hubiera algo cuestionable, pero no es así.

Trent parecía odiar a su hermanastra, pero no era el tipo de persona que exageraba o sacaba conclusiones precipitadas. Debido al dinero de su familia siempre había sido un objetivo para buscavidas de todo tipo y su radar para detectarlos era fabuloso, de modo que debía tener alguna razón para dudar de Lauren.

–¿Le has preguntado a tu madre qué hacía con ese dinero?

Trent asintió.

–Y se ha cerrado en banda. Pero si no tiene nada que esconder, ¿por qué no me lo cuenta?

–Ya veo –Gage, sin embargo, tenía la teoría contraria. Él no creía en revelar nada a menos que fuera absolutamente necesario–. ¿Y Lauren? ¿Le has preguntado por qué ha venido a Knoxville?

–Según ella, su padre quería que conociera a sus parientes y dice no saber nada del dinero.

–¿Por qué no le dio tu madre dinero antes? ¿Por qué esperar veinticinco años?

–Tal vez no sabía dónde estaba… o tal vez le ha

ido entregando cantidades más pequeñas durante todos estos años, no lo sé. Pero no sabíamos nada del asunto hasta que Lauren apareció, con sus credenciales de piloto en la mano y esperando que le diéramos un puesto de trabajo. ¿Tú sabes lo selectivos que somos contratando pilotos en Hightower?

–¿Y Lauren no está a la altura?

Trent apartó la mirada.

–No tiene un título universitario, pero es mejor que muchos de nuestros pilotos más experimentados.

–¿Entonces?

–Es demasiado joven para tener ese currículo, pero no puedo demostrar que está mintiendo. He comprobado mil veces sus credenciales y la he hecho pasar por un millón de pruebas físicas y mentales buscando una razón para rechazarla… incluso la forcé a aguantar horas de entrenamiento en un simulador antes de dejar que subiera a una cabina de verdad. Pero esa listilla ha pasado todas las pruebas y no quiere rendirse.

–A lo mejor sólo es una buena piloto…

–Nadie es tan bueno a su edad.

–Tú lo eras.

Su amigo hizo una mueca y, de inmediato, Gage lamentó sus palabras. Trent prácticamente había sido criado en una cabina. Quería unirse a las fuerzas áreas en cuanto terminó sus estudios, pero su padre había estado a punto de cargarse la empresa debido a unas deudas de juego que pusieron en peligro la compañía y Trent se había visto obligado a olvidarse de una posible carrera militar para concentrarse en solucionar la situación. Cuando consiguió que Hightower Aviation dejase de estar en números rojos sus sueños habían sido suplantados por la necesidad de seguir siendo el director de la empresa.

–Disculpa, no debería haberte recordado eso.

–No pasa nada, fue hace mucho tiempo –Trent se aclaró la garganta–. Mira, esto es lo que sé: mi madre escondió su embarazo y luego dio a Lauren en adopción a su padre biológico para no decirle a mi padre que estaba embarazada de uno de sus amantes.

–Pero tu padre debía saberlo. Como marido de Jacqueline era el padre legal de Lauren, a pesar de no se el padre biológico, y tendría que estar de acuerdo en renunciar a la guardia y custodia de la niña.

Trent se pasó una mano por el pelo, un tono más claro que el rubio oscuro de su hermanastra.

–Mi padre dice no saber nada del «incidente». Pero imagino que diría lo que tuviera que decir con objeto de que mi madre siguiera dándole dinero para gastárselo en el casino. Recuerda que entonces la empresa era pequeña y el dinero era de la familia de mi madre. En consecuencia, mi padre miraba hacia otro lado y mi abuelo seguramente ayudaría a que el asunto no saliera de la familia.

–Puede que tengas razón –asintió Gage–. Pero tu hermanastra no parece una buscavidas. No lleva joyas, maquillaje o vestidos de diseño precisamente.

–Tiene una moto que vale veinte mil dólares, una camioneta de sesenta mil y una avioneta de un cuarto de millón de dólares. ¿Qué te dice eso?

Que lo había engañado, pensó Gage. ¿Pero no

había aprendido de la peor manera posible que las mujeres a menudo prometían una cosa cuando lo que querían era conseguir otra muy diferente?

–Parccc que se le da bien esconder su ambiciosa naturaleza. Pero repito: ¿qué tiene todo esto que ver conmigo?

–Hasta que pueda descubrir dónde va ese dinero necesito que alejes a Lauren de mi madre.

–Y, por tu mensaje, entiendo que debo usar los servicios de la empresa Hightower de manera gratuita.

–Eso es –asintió Trent–. Usar un jet privado en lugar de un avión de línea regular te ahorrará mucho tiempo. Has cancelado nuestras tres últimas cenas porque tenías que estar en dos sitios a la vez, de modo que es evidente que estás muy ocupado.

–Sí, es cierto. Dos miembros de mi equipo han pedido una baja paternal…

Otra razón por la que Gage no tenía intención de formar una familia; los hijos eran una distracción. Dos de sus mejores empleados, un hombre y una mujer, se habían convertido de repente en zombis privados de sueño por culpa de los niños…

Gage no quería que nada se entrometiera en su trabajo y tampoco quería que nadie dependiese de él.

–Yo puedo ayudarte y, a cambio, tú me ayudas a mí –siguió Trent–. Si no logro cortar esa sangría de dinero, mi madre podría verse tentada a usar el dinero de la compañía como hizo mi padre.

–Ya, claro.

–Durante los próximos dos o tres meses estarás

fuera de la ciudad y si Lauren es tu piloto también ella estará fuera de aquí. Y eso es lo que quiero.

De repente, el cuello de la camisa parecía una horca para Gage. Aunque tener un jet a su disposición resultaría muy conveniente, nunca le había gustado que le hicieran favores; una circunstancia que Trent conocía muy bien.

–La Asesoría Faulkner puede pagar los servicios de tu empresa. Redacta un contrato…

–No, de eso nada. Ya te lo dije en el mensaje, esto lo pago yo. Además, te he dicho muchas veces que no me debes nada, ni a mí ni a mi familia. Si puedes encargarte de alejar de aquí a Lauren durante unos meses, seré yo quien esté en deuda contigo. Alejar de Knoxville al parásito de mi madre me ahorrará más dinero que si tú pagaras los vuelos.

Gage apretó los dientes. Había tenido que humillarse más veces de las que quería recordar y no estaba dispuesto a hacerlo de nuevo.

–Trent…

–Necesito tu ayuda, Gage. No me hagas suplicar.

Él se pasó una mano por el cuello, incómodo.

–Muy bien, entonces lo haremos a mi manera: redacta un contrato. Si ahorro tiempo y dinero, lo renovaré cuando esto termine. Si no, al menos habré pagado lo que me corresponde.

–Eso no es necesario…

–Lo es para mí.

Trent abrió la boca, pero la cerró de nuevo, sin discutir.

–Muy bien. Y si descubres cuáles son las intenciones de Lauren mientras tanto, mejor que mejor.

Gage hizo una mueca. Llevaba trece años buscando una oportunidad para devolverle a su antiguo compañero de facultad el favor que le había hecho, pero había ciertas cosas que no estaba dispuesto a hacer.

–Yo no soy un delator.

–No te estoy pidiendo que te acuestes o te cases con ella para sacarle información. Sólo intenta descubrir durante cuánto tiempo va a ser un grano en el trasero.

–Si Lauren es la mercenaria que tú imaginas, te contaré lo que tengas que saber para proteger tus intereses, pero nada más.

Trent arrugó el ceño mientras consideraba la oferta.

–Trato hecho.

Capítulo Dos

El roce de una mano en su hombro interrumpió la concentración de Lauren, que estaba metiendo datos de navegación en el ordenador cuando Gage entró en la cabina del avión.

–Señor Faulkner, estamos a punto de despegar. Por favor, vuelva a su asiento y póngase el cinturón de seguridad.

–Llámame Gage y prefiero viajar en la cabina –dijo él, sentándose en el asiento del copiloto.

–Yo prefiero que se quede en su asiento.

–¿Temes que vea que te saltas algún paso en la preparación del vuelo? –sonrió él.

Lauren apretó los dientes. Aquel hombre la estaba sacando de quicio desde que insistió en llevar sus maletas a bordo. Las reglas de la empresa dejaban bien claro que, como piloto, su obligación era saludar a cada cliente y llevar a bordo su equipaje. Pero lo último que necesitaba era darle al estúpido de su hermanastro algo que pudiera usar contra ella.

–Yo nunca me salto ningún paso, señor Faulkner.

–Muy bien. ¿Tienes otro par de auriculares?

–Este avión es un Cessna Mustang porque usted

dijo que quería trabajar durante el vuelo a Baton Rouge. Incluso pidió que no hubiera auxiliar de vuelo para que nadie lo molestase.

–Desperté hace horas y terminé mi trabajo antes de lo que esperaba –contestó él–. Y prefiero sentarme aquí para mirar el cielo.

Lauren intentó mostrarse paciente.

–Hay seis ventanillas en la parte de atrás, señor Faulkner. Además, en un día nublado como éste no creo que pueda ver mucho.

–Me arriesgaré.

–Los asientos de atrás son más grandes y más cómodos que los de la cabina.

–No me importa.

Seguramente el estúpido de su hermanastro le había pedido que la espiase para ver si cometía algún error…

–Si me hubiera dicho antes que prefería volar en la cabina podríamos haber utilizado un avión más pequeño, así ahorraríamos combustible.

–Pero entonces perderíamos tiempo, ¿no?

Sí, era cierto, en un avión más pequeño la velocidad sería menor.

–Que los pasajeros se sienten en la cabina va en contra de las reglas de la empresa.

–Llama a tu hermano.

–Hermanastro –lo corrigió ella–. Y no puedo hablar con él. Estará en una reunión durante toda la mañana y el dragón que cuida su guarida no le pasa ni una sola llamada.

–Entonces supongo que no te queda más remedio que soportarme.

Muy bien, pensó Lauren, pero hablaría con Trent cuando volvieran a Knoxville.

Según su padre, el cliente siempre tenía razón… a menos que se pusiera en riesgo la seguridad.

Pero, resignándose a la compañía de Faulkner, Lauren asintió con la cabeza.

—Encontrará los auriculares en el compartimento que hay bajo el asiento.

Después de ponérselos Gage se arrellanó en el asiento, poniendo las manos sobre sus muslos.

Unos muslos fuertes, trabajados, no los de un oficinista.

«Es un cliente»

—Si lleva gafas de sol, póngaselas —le ordenó—. No me hable hasta que hayamos despegado y no toque nada. Puede que usted no necesite concentrarse durante el vuelo, pero si quiere que no nos estrellemos, yo sí.

Gage sonrió y Lauren estuvo a punto de hacerlo también.

—Muy bien, no diré nada. Eso es mejor que la alternativa.

Estrellarse. Como su padre.

Lauren tragó saliva, sorprendida por una extraña oleada de emoción, pero siguió concentrándose en meter los datos en el ordenador. Y veinte minutos después despegaban. Veinte minutos en los cuales Gage Faulkner había estado observándola como un halcón vigilando su presa.

Cuando estaba en la cabina Lauren era muy seria. Su padre le había enseñado que así era como los jóvenes pilotos llegaban a ser viejos pilotos. Pilotando un avión siempre se sentía como en casa, pero con Gage Faulkner a su lado empezaba a encontrarse incómoda. Ninguno otro pasajero le había hecho perder la concentración.

Le molestaba su presencia en la pequeña cabina y su mirada la hacía recordar que iba con la cara lavada, las uñas sin pintar y el pelo sujeto en un severo moño. Gage Faulkner la hacía sentir femenina... y no muy atractiva.

Una vez que llegaron a la altura necesaria lo miró directamente a los ojos... y se le encogió el estómago como si hubieran encontrado una bolsa de aire.

–Ya puede hablar si quiere. Pero hable en un tono de voz normal, puedo oírlo a través de los auriculares.

–¿Por qué te hiciste piloto? –le preguntó él.

Era una pregunta que le habían hecho muchas veces, de modo que Lauren se encogió de hombros.

–Crecí en aeropuertos y nunca he querido hacer otra cosa.

–¿Qué hacías antes de trabajar para los Hightower?

Su hermanastro seguramente le había pedido que la interrogase, estaba claro.

–La mitad del tiempo era instructora de vuelo, la otra mitad piloto para Falcon Air.

–¿Qué es Falcon Air?

–La empresa de mi padre.

–¿La lleva él solo ahora que te has ido?

Lauren se mordió los labios.

–No, mi padre murió recientemente. Mi tío es ahora el director.

–Ah, lo siento –dijo él.

–¿Qué hace usted exactamente, señor Faulkner?

–Gage –insistió él.

–Muy bien, Gage –suspiró Lauren.

No le importaba nada lo que hiciera, pero prefería hablar de él antes que de sí misma, arriesgándose a contar algo que no debiera. Si se corría la voz de que su padre podría haberse suicidado, Falcon Air tendría serios problemas económicos. Los clientes no querrían contratar los servicios de una empresa que tenía aviones defectuosos… o peor, un piloto que podría lanzarse en picado sobre un pantano con ellos a bordo. Y la economía de la empresa no estaba pasando por su mejor momento.

–Soy asesor financiero. Asesoro a empresas y hago recomendaciones para aumentar los beneficios, específicamente la manera de asegurar ingresos eliminando pérdidas e incrementando la productividad.

–¿Es una empresa que opera a nivel internacional?

–Sí –contestó él–. ¿Decidiste buscar a tu madre biológica tras la muerte de tu padre?

Lauren lo miró, perpleja. ¿Cómo se atrevía a hace una pregunta tan personal?

–No es asunto tuyo, pero no.

–Pues debió ser una sorpresa conocerla.

–¿Conocerla? –repitió ella–. No sé qué te ha contado Trent, pero yo conozco a Jacqui de toda la vida.

–¿Ah, sí?

–Sí –suspiró Lauren–. Aunque no sabía que la

novia de mi padre era mi madre biológica hasta que cumplí los dieciocho años, cuando decidieron contármelo. Y tampoco sabía que Jacqui estuviera casada hasta el funeral de mi padre.

–¿Fue entonces cuando decidiste venir a Knoxville?

–Según Jacqui, mi padre habría querido que conociera a mis herma… a sus otros hijos.

Gage la miró, sorprendido.

–¿Entonces conocías a Jacqueline?

–Acabo de decírtelo.

–¿Qué clase de madre era? Generosa, imagino.

Una indirecta muy sutil, pensó ella, irónica. Sus hermanastros tenían la misma actitud. Parecían creer que estaba allí por dinero… pero lo que ella quería era algo que Jacqui podría darle sin tocar la herencia de los estirados Hightower.

–Jacqui nunca ha sido mi madre y nunca me ha hecho regalos caros. Mi padre no lo hubiese permitido y yo no los habría aceptado.

La incredulidad que vio en el rostro de Gage la molestó. Primero, porque aquel tipo era un extraño que no sabía nada de su vida y segundo porque Trent seguramente le había estado contando un montón de mentiras que él se había creído.

Podía entender que su hermanastro la odiase, pero era muy bajo extender ese odio a todo el que quería escucharle. Y lo había hecho, por eso los demás empleados de Hightower la miraban por encima del hombro.

–¿Jacqueline quería que trabajases para la empresa?

–No, esto es algo temporal. Jacqui sabe que volveré a Falcon Air dentro de unos meses.

–¿Por qué dentro de unos meses?

–¿Por qué me haces tantas preguntas?

–Por curiosidad –Gage se encogió de hombros–. La mayoría de la gente querría formar parte de una empresa millonaria como Hightower.

–Yo no soy como la mayoría de la gente, señor Faulkner –replicó Lauren–. Y tampoco soy una Hightower. Si vamos a estar juntos durante un tiempo será mejor que lo recuerde. Y si Trent le ha enviado para que me interrogue, dígale que tendrá que hacerlo personalmente para conseguir respuestas.

Aunque nunca revelaría la verdad de su presencia en Knoxville. Sus razones para estar allí eran cosa suya y no pensaba decirle nada a Gage Faulkner que pudiese contarle luego a su hermanastro para usarlo en su contra. Porque si lo hiciera podría destruir Falcon Air y entonces no tendría nada a lo que volver.

El instinto le decía que Lauren estaba escondiendo algo y su instinto no le fallaba nunca.

Lauren había cortado la conversación en cuanto tocó el tema de su madre y él había sido incapaz de retomar el tema a partir de ese momento. Pero conseguir repuestas era su especialidad.

Gage mostró la acreditación de Hightower Aviation al guardia de seguridad y el hombre le abrió la puerta que daba entrada a la pista donde aterrizaban los jets privados.

–Que tenga buen viaje.

–Gracias.

Trent tenía razón: viajar en un jet privado era mucho mejor que hacerlo en un avión de línea comercial. Viajar más rápido le permitía trabajar más horas y debía admitir que le gustaba la eficacia.

Cansado, pero satisfecho con la información preliminar que había reunido sobre el proyecto de Baton Rouge, Gage miró su reloj. Como no había tenido que esperar cola en el aeropuerto llegaba con una hora de adelanto.

Cuando se despidió de Lauren siete horas antes ella no parecía preocupada por no tener nada que hacer allí. De hecho, le brillaban los ojos, como si estuviera deseando librarse de él… y eso era algo que no le ocurría a menudo. Las mujeres, cuando tenían tiempo para ellas, disfrutaban de su compañía.

Pero su piloto no parecía ser de la misma opinión.

Lauren le había dado el número de su móvil y le había dicho que la llamase con antelación para tener el avión preparado y perder menos tiempo. Pero no la había llamado. Llegar temprano era parte de su plan para averiguar qué hacía. Sus actividades podrían darle alguna pista sobre sus intenciones.

La puerta del jet estaba abierta y la escalerilla bajada, como esperándolo en aquel cálido día de octubre. Gage subió al avión y Lauren, que estaba reclinada en uno de los asientos, bajó los pies y cerró su ordenador portátil.

–Ah, ya has vuelto.

–¿Interrumpo algo?

–No, sólo estaba matando el tiempo.

Pero no parecía muy relajada, pensó Gage.

La luz del sol que entraba por la ventanilla iluminaba unos mechones cobrizos en la melena rubia oscura y la vio abrocharse a toda prisa un botón de la blusa, pero no antes de que Gage pudiese ver un triángulo de piel aterciopelada…

–Deberías haberme llamado como te dije.

–Estaba trabajando –mintió él, dejando el maletín sobre uno de los asientos.

–Por cierto, Jacqui me ha dicho que te salude de su parte.

–¿Has hablado con ella?

–Sí –contestó Lauren–. Por el messenger.

Lauren se sujetó el pelo en una coleta antes de colocarse la gorra de piloto.

–No sabía que hubieras sido compañero de universidad de Trent.

–Lo fuimos, sí.

La familia Hightower lo había incluido en sus vacaciones, probablemente porque Trent les había contado que no tenía ningún sitio al que ir cuando el colegio mayor cerraba en verano. Y no podía volver con su padre porque no tenía casa y vivía en un albergue para personas sin techo… incluso en la calle algunas veces. Gage no sabía qué había sido de su madre, que desapareció cuando él tenía diez años, y esa vieja humillación aún seguía quemándole.

–No sabía que Jacqueline usara el messenger.

–A Jacqui se le da bien la informática.

Eso iba a ser un problema. Podría mantenerlas alejadas la una de la otra, pero no podría evitar que se pusieran en contacto a través del ciberespacio.

Y eso era algo que ni Trent ni él habían anticipado, de modo que la situación requería una reevaluación y una nueva estrategia.

Lauren entró en la cabina para guardar su ordenador bajo el asiento del piloto.

–Llené el depósito después de aterrizar, pero necesito media hora para preparar el despegue.

–No hay prisa –sonrió Gage–. De hecho, ¿por qué no cenamos antes?

–¿Cenar juntos?

–De camino al aeropuerto he pasado frente a un restaurante brasileño que tenía muy buena pinta.

Lauren se pasó la lengua por los labios y cuando Gage, sin querer, miró la punta de su lengua algo se le encogió por dentro. Y eso lo molestó. Lauren Lynch podría parecer una chica normal y corriente, pero la inteligencia que había en sus ojos y su seguridad pilotando un aparato que valía millones de dólares le decían que era una persona muy segura de sí misma.

–No me importa esperar a que hayas cenado. Así tendré tiempo de prepararlo todo.

–Cena conmigo, Lauren.

–No, confraternizar con los clientes va contra las reglas de la empresa.

–Llamaré a Trent para pedirle que nos permita saltarnos las normas.

–No, gracias, ya he cenado.

Gage no la creía.

–¿Qué has cenado?

–Un sándwich en la cantina del aeropuerto.

–Entonces yo tomaré lo mismo. Vamos, hazme compañía un rato.

Al menos así no podría ponerse en contacto con su madre mientras él estaba fuera.

–No, gracias, señor Faulkner. Prefiero preparar el avión mientras usted cena.

Gage se daba cuenta de que no quería estar a solas con él, pero él tenía la intención de descubrir por qué y qué estaba escondiendo.

El ruido de unos pasos en el oscuro aparcamiento alarmó a Lauren, que se dio la vuelta, dispuesta a defenderse de un atacante.

Trent, bajo la luz de una farola, se detuvo a un par de metros de ella al ver su actitud defensiva.

El pulso de Lauren volvió al ritmo normal, pero su irritación aumentó. Después de tener que soportar a Gage Faulkner durante todo el día estaba demasiado cansada como para una nueva confrontación con su hermanastro. Además, tenía que llamar a Jacqui y a su tío Leo…

Debería subir a su camioneta y olvidarse de Trent, pero ella no era de las que huían de una pelea.

–Deberías poner más iluminación en el aparcamiento. De haber tenido un spray de pimienta ahora mismo estarías de rodillas en el suelo, llorando.

–Mencionaré tu preocupación a los de seguridad.

–¿Querías algo?

–Si Gage quiere sentarse contigo en la cabina, puede hacerlo. Si te pide que cenes con él, hazlo.

–¿Hasta dónde quieres que llegue para tener al cliente contento, Trent?

–No te estoy pidiendo que hagas algo inmoral o ilegal.

–Me estás pidiendo que me salte las reglas de la empresa y quiero que me pongas por escrito qué es lo que esperas de mí exactamente para luego no llevarme una sorpresa –replicó ella.

–¿No confías en mí, hermanita?

–Hermanastra –le recordó Lauren–. Tú has dejado claro desde el primer día que no me quieres aquí y no pienso darte un cheque en blanco para que me eches cuando quieras.

–¿Un cheque en blanco serviría de algo?

Su grosería la dejó sin aliento.

–¿Cómo puedes ser tan…?

El ruido de unos pasos llamó su atención entonces hacia otro hombre.

Gage. Genial. Dos jaquecas.

–Hablaremos mañana.

–No hay nada que no puedas decir delante de Gage. Es como de la familia.

Esa afirmación la molestó aún más.

–Al contrario que yo, que en realidad sí soy de la familia –le espetó–. Admiro tu lealtad, Trent. Al menos, hacia tu amigo.

–¿Cuál es tu precio? –insistió él.

Lo que Lauren quería era darle una patada en la espinilla, pero había tenido que enfrentarse con gente peor que Trent sin recurrir a la violencia.

–No puedes comprarme, hermanito. Tú has tenido a nuestra madre durante treinta y tantos años, ahora me toca a mí pasar algún tiempo con ella. Pero no te preocupes, te la devolveré.

–Tú la conoces desde siempre.

Lauren miró a Gage, que se había colocado al lado de Trent.

–Ah, veo que tu espía te lo ha contado.

Él arrugó el ceño.

–Lauren, nuestra conversación no fue confidencial...

–No pierdas el tiempo, Faulkner. Yo sabía a quién le eras leal antes de que pisaras el avión.

Trent irguió los hombros, intentando intimidarla con su estatura; una pena que el truco no funcionase.

–Si conoces a nuestra madre desde siempre, ¿por qué yo me entero ahora?

–Porque, aparentemente, nuestra madre quería mantenerlo en secreto. Tampoco a mí me lo dijo hasta que cumplí los dieciocho años... y no me habló de vosotros. Por cierto, ¿tú sabías que mi padre fue uno de los fundadores de Hightower Aviation?

–Yo no sé nada de eso.

–Tampoco yo hasta que empecé a ordenar los papeles de mi padre. Por lo visto, tu padre y el mío estuvieron juntos en las fuerzas aéreas... he encontrado fotografías. Abrieron la empresa al dejar el ejército y estaban sin blanca hasta que nuestro abuelo, Bernard Waterman, les ofreció dinero a cambio de un tercio de la propiedad. Lo que no sé es qué papel hace nuestra madre en todo esto.

–Tendré que verificar esa historia.

–Pues buena suerte porque Jacqui no dice una palabra.

¿Pero por qué?, se preguntaba Lauren. ¿Y por qué su padre no le había dicho nada?

–Si es verdad, mi madre me lo contará –anunció Trent, tan engreído como siempre.

–No te preocupes, no estoy pidiendo mi parte de los beneficios. Mi padre le vendió sus acciones a Jacqui cuando estaba embarazada de mí y con ese dinero abrió Falcon Air con mi tío Lou.

–¿Tu tío?

–Tranquilízate, hombre. No tendrás a otro pariente pidiendo trabajo.

Gage metió las manos en los bolsillos del pantalón.

–Trent y yo vamos a tomar una copa. ¿Quieres venir con nosotros y contarnos algo más sobre esa historia?

Su hermanastro se puso tenso, como si la invitación lo hubiera pillado por sorpresa.

Evidentemente, habían decidido hacerse fuertes para echarla de allí, pero Lauren abrió la puerta de su camioneta y subió de un salto.

–Tengo que volar mañana y si tomo alcohol doce horas antes de un vuelo podrían despedirme, ¿no lo sabías?

–Bonita camioneta –dijo Gage–. Menudo motor.

–¿Para una chica quieres decir? –replicó ella, irónica–. Necesito diez cilindros para tirar de una avioneta.

–Ah, claro.

–Si habéis terminado con el interrogatorio, yo necesito dormir un rato. Llevo levantada desde las cuatro y mañana tengo que ir a Lancaster.

–Buenas noches –se despidió su hermanastro.

–Nos vemos en el restaurante, Trent –dijo Gage–. Yo iré enseguida.

Después de un momento de vacilación, Trent se dirigió a su BMW, dejándola a solas con Gage.

–No confías en mí, ¿verdad, Lauren?

–No te conozco lo suficiente como para confiar en ti.

–No tienes nada que temer mientras no quieras hacerle daño a los Hightower.

–Lo tendré en cuenta –dijo ella, irónica.

Gage apoyó los brazos en la ventanilla de la camioneta y, al tenerlo tan cerca, el pulso de Lauren se aceleró.

–Vamos a dejar una cosa bien clara: no necesito que Trent me busque novias. Si te invito a cenar es porque no me gusta comer solo. No espero nada más, no eres mi tipo.

–Me alegro porque tú tampoco eres el mío –replicó Lauren automáticamente. Pero que no le gustase Gage Faulkner no significaba que no le hubiera molestado el grosero comentario.

Gage se apartó entonces de la camioneta.

–Nos vemos por la mañana –se despidió, dirigiéndose a un SUV negro.

¿Cuál sería el tipo de Gage?, se preguntó ella mientras arrancaba la camioneta.

«Da igual. Olvídalo y vete a casa».

Pero tenía la impresión de que, ahora que había despertado su curiosidad, no iba a ser capaz de olvidarlo.

Capítulo Tres

Lauren tragó saliva, incómoda, frente a la impresionante residencia de los Hightower. Una persona menos desesperada se habría ido a casa para no empeorar aún más el día, pero saber que su hermanastro iba a cenar con Gage le daba la oportunidad de hablar con su madre antes de que Trent volviera a casa.

La puerta se abrió y Fritz, el mayordomo, la recibió con una sonrisa.

—Buenas noches, señorita.

—Hola, Fritz.

—La señora está esperándola en el salón.

Mientras el mayordomo, con traje oscuro y acento británico como en las películas, la llevaba por el pasillo, Lauren miró alrededor, una vez más intimidada por los cuadros y las obras de arte. La casa de los Hightower parecía un museo o la mansión del gobernador. ¿Cómo podía nadie sentirse cómodo en un sitio así?

Fritz se apartó, haciéndole un gesto cuando llegaron a la puerta del salón.

—¿Quiere tomar algo? ¿Vino, café, un aperitivo?

—No, gracias.

¿Cómo iba a comer cuando cada encuentro con su madre era como una tregua armada?

Fritz se retiró discretamente, dejándola una vez más con la sensación de estar aterrizando en un lugar en el que uno no sabía si los nativos iban a ser hostiles o amistosos. La mansión Hightower no era precisamente la clase de sitio en el que uno se quitaba los zapatos y paseaba en pijama.

–Vienes directamente del trabajo –dijo su madre. Jacqui estaba sentada en un sillón frente a la chimenea, elegantísima con un traje negro, zapatos de tacón y collar de diamantes–. El uniforme de la empresa te sienta bien. Y me alegro de haber insistido en que las mujeres piloto usaran falda en lugar de pantalones.

–Ya, bueno. Te agradezco que hayas querido recibirme.

–Siempre me alegro de verte, Lauren.

Sí, seguro. Jacqui era tan cálida como un invierno en Alaska. No se abrazaron, limitándose a dar un par de besos al aire. Su padre o el tío Lou le habrían dado un abrazo de oso, pero los Hightower no eran ese tipo de persona.

–Ven, siéntate.

Lauren se sentó al borde de un sofá de terciopelo, nerviosa.

¿Como podía no haberse dado cuenta antes de que Jacqui era su madre? Tenían las mismas facciones, aunque ella se aclaraba el pelo y siempre iba impecablemente maquillada mientras Lauren no tenía tiempo para esas cosas. Ella se conformaba con usar jabón, agua y crema para el sol.

–Tengo que hacerte unas preguntas sobre mi padre.

Jacqui hizo una mueca.

–Aún no puedo hablar de él. Lo añoro muchísimo –su emoción parecía genuina, pero habían pasado dos meses… dos meses con muchas conversaciones pero ninguna respuesta.

Y Lauren estaba frustrada.

–Yo también lo echo de menos, pero quiero saber qué le pasaba por la cabeza antes del accidente.

Jacqui se levantó para ir al bar a llenar su copa en lugar de llamar a Fritz como había hecho en sus previas visitas.

–No sé qué le pasaba por la cabeza, Lauren.

–Tú fuiste la última persona que habló con él. ¿Parecía triste, deprimido?

–¿Deprimido? No sé qué quieres decir.

Lauren respiró profundamente. No había hablado de los rumores con nadie más que con su tío Leo.

–Un par de amigos suyos piensan que el accidente no fue tal accidente. Según ellos, mi padre había dicho que si moría su seguro de vida pagaría las deudas de Falcon Air.

Jacqui se puso pálida.

–No, no, por Dios. Kirk nunca me dejaría voluntariamente… ni a ti. Desde el momento que le dije que estaba embarazada tú eras toda su vida. Sólo pensaba en ti.

–Yo no creo que quisiera estrellarse a propósito –dijo Lauren, intentando contener la emoción–. Mi padre parecía preocupado durante los últimos meses de su vida, pero yo no creo que fuera infeliz.

Eso era lo que creía, ¿pero podría estar equivocada?

–La compañía de seguros no piensa pagar un céntimo hasta que hayan terminado con la investigación y hayan descartado el suicidio.

–Yo te daré el dinero que necesites. ¿Cuánto quieres, Lauren?

–No, no, ya te lo he dicho muchas veces. No quiero tu dinero, sólo quiero saber de qué hablaste con mi padre el último día… antes de abandonarlo otra vez. Esa conversación podría darnos una pista.

Los ojos de Jacqui se llenaron de lágrimas.

–¿Tú crees que tuve algo que ver con el accidente?

–¿Cómo voy a saberlo si no me dices nada?

–Lauren, no puedo hablar de esto…

–Pero…

–Sé que no me crees, pero yo quería a Kirk. Es el único hombre al que he amado en mi vida y saber que no volveré a verlo…

Jacqui se cubrió la boca con la mano, pero Lauren intentó hacerse la dura. Su madre estaba escondiendo algo, la cuestión era qué.

–¿Y tu marido?

–El nuestro fue un matrimonio de conveniencia. Mi padre prometió invertir en Hightower Aviation si William se casaba conmigo.

–¿Y tú estuviste de acuerdo?

–Yo era… una chica difícil entonces. Mi padre quería que sentara la cabeza y amenazó con borrarme del testamento si no hacía lo que él quería. William era un piloto guapísimo y pensé que, con el tiempo, acabaría amándolo. Pero me equivoqué.

Sin embargo, seguía casada con él.

–¿Y qué sitio ocupaba mi padre en ese triángulo amoroso?

–El único amor de William es el juego –suspiró Jacqui–. Cuando mi padre murió repentinamente descubrí que mi marido nos había colocado en una posición difícil y tuve que aprender a manejar la empresa porque William estaba muy ocupado pasándolo bien en el casino. Tu padre me ayudó y nuestra amistad pronto se convirtió en algo más… yo sabía que estaba mal, pero me enamoré de Kirk y él de mí.

Lauren no quería creer que su padre se hubiera acostado con una mujer casada sabiendo que lo era, pero no podía rebatirlo.

–¿Y qué pasó cuando descubriste que estabas embarazada?

–Que tu padre me dio un ultimátum: o dejaba a William o habíamos terminado. Pero yo no podía hacerlo –Jacqui suspiró de nuevo–. Mi padre había estipulado en su testamento que si dejaba a mi marido lo perdería todo: mi herencia y mis acciones en la empresa Hightower. Tenía que pensar en mis otros hijos, no podía dejarlos con su padre…

–Pero a mí sí me dejaste.

–William me presionó para que lo hiciera –su madre se mordió los labios–. Kirk insistió en adoptarte y yo acepté, pero sólo si podía ir a visitarte. Además, me pidió que no te dijera la verdad hasta que fueras mayor de edad porque no quería que te sintieras rechazada.

Pero Lauren siempre se había preguntado por qué su madre no la había querido…

–Si querías tanto a mi padre, ¿cómo podías conformarte con verlo una vez al año?

–Eso era todo lo que William me permitía, una semana. Y te aseguro que yo vivía para esos días.

Igual que su padre.

Lauren experimentaba una reacción de amor-odio cada vez que Jacqui aparecía en Daytona. Por un lado, mientras ella estaba allí su padre se mostraba más feliz que nunca. Pero cuando se iba se quedaba destrozado. Y nada de lo que ella hiciera lo animaba en absoluto.

Lauren miró alrededor: las obras de arte, las lámparas de cristal francés, los carísimos muebles…

–Sí, debías pasarlo fatal viviendo rodeada de lujos y con criados atendiéndote a todas horas. No estar con mi padre debió ser horrible para ti.

Jacqui apretó los labios, dolida por el sarcasmo.

–Habría estado contigo de haber podido hacerlo, te lo aseguro.

Lauren intentó sentir simpatía por ella, pero era imposible. Su madre había elegido la seguridad económica por encima de un hombre que la adoraba y que habría hecho cualquier cosa por ella.

Y por encima de su hija.

Pero todo eso era agua pasada y lo mejor sería no seguir removiéndola.

–¿Entonces no crees que mi padre se suicidase?

–Tu padre tenía mucho por lo que vivir. Tenía muchos planes, muchas esperanzas.

Lauren quería creerla, pero había algo sospechoso en que Jacqui no la mirase a los ojos.

La puerta principal se abrió entonces y, al oír voces masculinas, Lauren se puso tensa.

Gage y Trent.

¿Qué había sido de sus planes de cenar fuera? Nerviosa, miró hacia la puerta, rezando para que pasaran de largo... pero se encontró con el rostro serio de su hermanastro.

–Madre, no sabía que esperases visita –dijo, con ton helado.

–Tú sabes que Lauren siempre es bienvenida en esta casa.

Gage no dijo nada, limitándose a mirarla.

Y Lauren, que había ido allí buscando respuestas, supo que no iba a conseguirlas esa noche. Además, no quería que Trent supiera nada sobre las circunstancias de la muerte de su padre. El negocio de los vuelos chárter era pequeño y competitivo. Una palabra a la persona equivocada y Falcon Air acabaría en la ruina.

De modo que se levantó.

–Yo ya me iba. Buenas noches, Jacqui. Señores, nos vemos por la mañana.

–¿Alguna noticia? –preguntó Lauren en cuanto su tío contestó al teléfono veinte minutos después.

–Nada.

La falta de respuestas era frustrante.

–¿Por qué tardan tanto? Mi padre murió hace dos meses.

–Lauren, cariño, tu padre es el número uno para nosotros, pero no para el resto del mundo. Para el seguro sólo era otro piloto en un avión experimental.

–Pero Lou…

–Los accidentes que ha habido después de su muerte tienen prioridad por la cantidad de pasajeros que han fallecido –la interrumpió él–. ¿Cuándo vuelves a casa?

Lauren se soltó el pelo, intentando aliviar el dolor de cabeza.

–No lo sé. Jacqui sigue haciendo el papel de amante entristecida –suspiró–. Intentaré hablar con los investigadores mañana.

–No hace falta. He llamado yo y me han prometido que enviarán el informe en cuanto esté terminado. Tú termina lo que estás haciendo allí y vuelve a casa cuanto antes. Te necesito aquí, Lauren. Y te echo de menos.

Lauren tuvo que hacer un esfuerzo para controlar la emoción. Lou había sido siempre como un segundo padre para ella y marcharse a Knoxville tras la muerte de su padre era un poco como perderlos a los dos.

–Yo también te echo de menos.

–Llámame en cuanto tengas algo que contarme.

–Lo haré. Pero deja el móvil encendido.

–Intentaré acordarme.

Lauren levantó los ojos al cielo.

–No intentes acordarte, hazlo. Te llamaré pronto, Lou.

Con un poco de suerte, la próxima vez que llamase tendría las respuestas que necesitaba y podría volver a casa para concentrarse en sacar a Falcon Air de la ruina.

–Lo ha vuelto a hacer –Gage escuchó la furiosa voz de Trent al teléfono el miércoles por la tarde.

–¿Qué ha hecho?

–Mi madre ha vuelto a retirar casi veinte mil dólares de una de sus cuentas.

–¿Se ha comprado un coche nuevo? –preguntó Gage.

–Dudo que haya un concesionario en la isla de Anguila porque allí es donde está ahora, se marchó esta mañana. Y estoy seguro de que esta sanguijuela tiene algo que ver con el dinero. ¿Por qué si no estaría en casa anoche? ¿Está contigo ahora?

Gage se pellizcó el puente de la nariz, intentando controlar un inminente dolor de cabeza. El empresario con el que se había reunido esa mañana se había puesto muy difícil y, al final, Gage había rechazado el encargo.

Rechazar un trabajo seguía siendo algo difícil para él, que quería seguridad por encima de todo, pero la lista de clientes que solicitaban sus servicios era lo bastante larga como para poder elegir a los más interesantes y rechazar a los que iban a estar haciendo sugerencias y poniendo pegas cada cinco minutos.

–No, voy de camino al aeropuerto.

–Dile a Lauren que se presente en mi oficina en cuanto vuelva a Knoxville.

Gage miró la niebla al otro lado de la ventanilla del coche.

–A menos que quiera volar a ciegas, me temo que no podremos volver a casa esta noche.

–Maldita sea…

–No te preocupes, esto podría jugar a tu favor. El mal tiempo hará que tu hermana no pueda volver a Knoxville esta noche…

–Mi hermanastra.

–Ya, bueno, eso –murmuró Gage, irritado–. Pero mientras tú buscas el rastro del dinero, yo usaré ese tiempo para ver si puedo descubrir algo más sobre la situación.

No iba a engañar a Lauren, se dijo a sí mismo; sólo estaba protegiendo los intereses de Trent y buscando datos, algo que hacía todos los días en su trabajo.

Además, no iba a dejar que nadie se aprovechase de su amigo. Su lealtad hacia Trent no lo permitiría.

Después de dos horas esperando que les dejasen despegar, por fin se había cancelado el vuelo debido al mal tiempo y ni Gage ni Lauren quisieron esperar a llegar al hotel para cenar.

Pero cuando Lauren vio la puerta del restaurante, apenas visible entre la niebla, miró su uniforme de piloto y arrugó la nariz.

No, otra vez no.

¿Por qué la vida le ponía delante hombres que parecían decididos a demostrar que no había sitio para ella en su mundo? Seguramente ésa era la razón por la que su última relación no había funcionado. De haberse casado con Whit, aunque él no se lo había pedido, habría tenido que luchar toda su vida contra la sensación de estar ocupando un sitio que no era el suyo. Y lo mismo le pasaba con el clan Hightower.

–¿No podemos ir a algún sitio menos…?

Gage la miró.

–¿Menos qué?

–Menos elegante. Imagino que tú estarás acostumbrado a restaurantes así, pero yo prefiero un sitio en el que me den de comer sin tener que preocuparme de qué tenedor uso.

Por mucho que se lo hubiera ordenado su hermanastro, no debería haber aceptado cenar con Gage. Pero estar aislados en un pequeño aeropuerto rural en medio de la niebla había limitado sus opciones. Gage no había pedido comida a bordo y en el aeropuerto no había cafetería, de modo que…

–¿Cuál es el problema?

–Que no voy vestida para ir a un sitio así.

–¿Por qué crees que éste es el tipo de restaurante que me gusta? –sonrió Gage.

Lauren señaló su elegante traje de chaqueta.

–Eres amigo de Trent y eso significa que seguramente te has criado entre algodones como él.

Gage soltó una carcajada y Lauren hizo una mueca. Aquel hombre era guapísimo sin necesidad de mostrar unos dientes tan perfectos.

Una pena que fuese tabú para ella.

Pero aunque no lo fuera, su vida era demasiado complicada en aquel momento como para tener una relación. Además, Gage Faulkner era rico y después de su ruptura con Whit había jurado no volver a salir con hombres ricos que se sentían por encima de los demás, convencidos de que los menos afortunados estaban en el mundo para servirlos a ellos, algo que a Lauren le resultaba repugnante. Y su nueva familia reforzaba esa opinión.

–A mí no me criaron entre algodones. Me he ganado todo lo que tengo, pero me gusta comer bien.

–¿Tus padres no estaban forrados?

–No.

–¿Y cómo fuiste entonces a una universidad privada?

Gage se encogió de hombros.

–Con becas, ayudas económicas y trabajando.

–Ya, bueno. De todas formas, me sentiría más cómoda en un sitio más normal.

–Estás perfectamente así. Nadie va a echarte de ningún sitio.

Lauren arrugó la nariz, señalando a una pareja que entraba en el restaurante en ese momento.

–¿Las palabras «vestido negro, tacones y collar de perlas» te dicen algo?

Suspirando, Gage volvió a ponerse el cinturón de seguridad.

–Muy bien, vamos al hotel. A lo mejor encontramos un restaurante por el camino.

–Muchas gracias.

–Te he oído hablar por teléfono antes –empezó a decir Gage–. ¿Algo sobre un viaje en moto mañana?

–Tenía que decirle a mi casera que no estaría en Knoxville mañana para que le diera el mensaje a mis vecinos, con los que iba a salir a dar una vuelta en moto.

–¿Llamas a tu casera para contarle esas cosas?

–He alquilado un apartamento encima de su garaje.

–Ah, ya. ¿Te parece que comamos aquí? –preguntó Gage, señalando un restaurante mexicano.

–Sí, estupendo –como no quería seguir contestando a preguntas tan personales, Lauren salió del coche en cuanto aparcó.

–¿Dices que tenías planeada una excursión en moto? –insistió él en cuanto se hubieron sentado a la mesa.

–Sí, con mis vecinos. Me están enseñando lo mejor de Knoxville en mis días libres.

–¿Tus vecinos también son moteros?

–Son una gente estupenda –respondió ella–. Los conocí a través de Internet, en una página de aficionados a las Harleys, y cuando les hablé de mi plan de mudarme a Knoxville prácticamente me adoptaron. Buscaron el apartamento e incluso me ayudaron a colocar mis cosas…

–Seguramente para comprobar si tenías algo que mereciese la pena robar.

Lauren lo miró, perpleja.

–Ya veo que eres un cínico, Faulkner.

–De donde yo vengo, si algo no estaba anclado al suelo era de cualquiera.

–¿No vivías en un barrio elegante?

–No, al contrario. Pasé parte de mi infancia dependiendo de los Servicios Sociales y otra parte viviendo en el coche de mi padre.

Lauren levantó una ceja, sorprendida. No quería imaginarlo como un niño pobre o ver aquella cara de Gage Faulkner. Prefería creerlo un estúpido mimado y consentido como Trent, Brent y Beth, sus otros hermanastros. Sólo Nicole, que tenía más o menos su edad, parecía una persona decente.

–Lo siento, Gage. Ésa no es vida para un niño.

–No te estoy pidiendo compasión. Lo que quería decir es que uno no merece nada que no se haya ganado.

–Estoy de acuerdo contigo. También yo he trabajado mucho para tener lo que tengo.

Lauren vio un brillo de incredulidad en sus ojos y se preguntó por qué demonios la juzgaba sin conocerla, pero decidió no decir nada.

Una vez sentados, después de que el camarero tomase el pedido, Gage la miró con un brillo especulativo en los ojos.

–Dijiste que habías crecido en un aeropuerto y los aeropuertos no suelen estar en la mejor zona de una ciudad.

Parecía decidido a meterse en su vida, pero no le importaba contestar a esa pregunta.

–Teníamos una casa pequeña pero bonita cerca del aeropuerto de Daytona. No éramos ricos, aunque tampoco pobres. Yo no fui a colegios privados, no teníamos criados, no íbamos al club de campo ni teníamos una pista de tenis como los Hightower.

–¿Te molesta que los otros hijos de tu madre hayan tenido todo eso?

–No, qué va. En realidad, me sorprende que dependan de otros para todo. Además, estoy acostumbrada a tratar a gente con dinero. Después de todo, ésos son nuestros clientes –sonrió Lauren–. Pero el estilo de vida de los Hightower es como sacado de la televisión. Ninguno de ellos tuvo que trabajar hasta que terminaron la carrera y entonces tenían un puesto asegurado en la empresa familiar… vamos, que no se han esforzado nada.

Gage tomó un sorbo de whisky.

–¿Tú no trabajabas para tu padre?

Estaba decidido a quitarle la razón, pero se equivocaba de medio a medio.

–No, al principio no –respondió ella–. Trabajé limpiando hangares, lavando avionetas y coches… mi padre siempre me dejó claro que si hacía mal mi trabajo lo haría quedar mal a él. Luego, a partir de los dieciséis años, trabajé como instructora de vuelo.

–No fuiste a la universidad, ¿verdad?

–Ah, ya veo que Trent te ha hecho un informe completo –Lauren sonrió, divertida–. Tengo mi licencia de piloto y una diplomatura de una universidad pública.

Estaba intentado licenciarse en la universidad a distancia, pero si no recibía el dinero del seguro de su padre no podría terminar la carrera. Conseguir el título era ahora más importante que nunca porque si Falcon Air se declaraba en bancarrota tendría que buscar otro trabajo y las grandes compañías aéreas pedían a sus pilotos un título universitario.

Y luego estaba su tío Leo, que a su edad tendría serios problemas para encontrar otro trabajo y había invertido todos sus ahorros en Falcon Air.

–¿Y bien? –la animó Gage.

Lauren no pensaba contarle a un extraño sus problemas económicos, especialmente a uno que con toda seguridad iría a contárselo a su hermanastro a la primera de cambio. Su situación sólo serviría para reforzar la opinión de Trent de que estaba allí para quedarse con una parte de la herencia, de modo que lo mejor sería cambiar de tema.

–Parece que estás acostumbrado a viajar en el asiento del copiloto.

–Solía viajar con Trent.

–¿Trent tiene licencia de piloto? –exclamó ella, sorprendida.

–Sí.

–Qué raro, él nunca toma los mandos cuando viaja –murmuró Lauren–. Yo no me imagino sentándome con los pasajeros y dejando que otro lo pase bien.

–Antes le gustaba mucho volar –dijo Gage.

–Pues deberías recordárselo la próxima vez que lo veas.

La llegada de sus ensaladas interrumpió la conversación.

–Mañana podríamos alquilar un par de Harleys y dar una vuelta por la zona.

¿Aquello sería como lo de cenar juntos? ¿Tendría que aceptar?

–No, gracias, prefiero no gastarme dinero.

–Yo lo pagaré.

–Para alquilar una Harley necesitas un permiso para conducir motos.

–Hace años que no monto en moto, pero lo tengo.

Lauren lo estudió, pensativa. Gage Faulkner, con

sus trajes italianos y su inmaculado corte de pelo, parecía demasiado sofisticado como para ser un motero. Miles de ejecutivos montaban en Harley, claro, pero Gage parecía una persona tan sobria, tan… convencional.

–No te creo.

Él sacó el permiso de conducir de la cartera.

–En la universidad no tenía dinero para un coche, así que iba en una vieja moto a todas partes.

Era cierto, tenía el permiso. Lauren se fijó en su edad: treinta y cinco años. Pero las arruguitas alrededor de su boca lo hacían parecer mayor.

Estaba a punto de devolverle el documento cuando algo llamó su atención.

–Yo conozco esta dirección. Está cerca de mi apartamento y no es precisamente un barrio de ricachones.

–No me gusta gastar dinero en cosas frívolas.

–¿Como jets privados, por ejemplo? –se burló Lauren.

Gage guardó el permiso de conducir en la cartera.

–Dos de mis socios están de baja, así que tengo que hacer mi trabajo y el suyo. Paso mucho tiempo volando, pero gracias al jet pierdo menos tiempo en el aeropuerto.

–Ya veo –dijo ella, nada convencida–. De modo que no eres como los Hightower, unos consumistas enloquecidos.

–¿Y tú no lo eres?

–No, yo soy muy ahorrativa.

–¿Ah, sí? Tienes una Harley, un buen coche y una avioneta carísima.

Trent otra vez, claro.

–No es que sea asunto tuyo, pero mi camioneta es de tercera mano. Mi padre, Lou y yo la reparamos y cambiamos la mayoría de los repuestos. Conseguí mi moto a mitad de precio intercambiándola por lecciones de vuelo y la avioneta fue una ganga. El propietario tenía problemas económicos y necesitaba venderla lo antes posible, así que pedí un préstamo porque me ganaba la vida con una Cirrus parecida. No es un juguete, es mi trabajo.

Gage tuvo que sonreír.

–Eres una masa de contradicciones, Lauren Lynch. Y te pido disculpas por sacar conclusiones precipitadas.

–Lo que no entiendo es por qué estás tan empeñado en sacarlas. Yo estoy aquí para llevarte de un sitio a otro, no para que analices mi vida –replicó ella, aunque no podía negar que Gage Faulkner empezaba a gustarle.

«Es el enemigo, el espía de tu hermanastro, no lo olvides».

¿Por qué de repente Gage se volvía tan agradable si no era para tenderle una trampa? Trent y él se había puesto de acuerdo, estaba segura.

–Repito que lo siento.

–No va a funcionar, Gage.

–¿Qué no va a funcionar?

–Hacerte el simpático conmigo.

Él levantó una ceja.

–¿Perdona?

–Sé que estás de acuerdo con mi hermanastro y me da igual lo atractivo que seas o…

–¿Me encuentras atractivo? –Gage estaba sonriendo y un avión diminuto hizo una pirueta en el estómago de Lauren.

–No pienso saltarme las reglas de la empresa teniendo una relación con un cliente, así que deja de sonreír y de flirtear conmigo.

–No estaba flirteando.

–Por favor… prácticamente estabas pestañeando para llamar mi atención. Pero yo no me creo el numerito del inocente.

–¿Qué? –rió él.

–¿Cómo llamas tú a querer alquilar motos para ir a dar un paseo? Estás intentando que baje la guardia.

Gage se puso serio entonces.

–Si yo no hubiese llegado tarde al aeropuerto habríamos despegado antes de que la niebla descendiera y tú estarías en casa ahora. Que yo llegase tarde, por lo tanto, te ha costado tu día libre. Y el viaje en moto es para compensarte.

Lauren lo miró a los ojos, suspicaz, intentando averiguar si era verdad. Lo que había dicho sonaba casi agradable y ella no quería que fuese agradable. Quería que fuese tan arrogante como Trent.

Pero no era tan tonta como para mirarle el diente a caballo regalado. Además, su padre siempre había dicho: «llévate contigo a casa un trocito de cada sitio que visites».

Sencillamente, debía tener cuidado para no enamorarse de aquel atractivo rostro ni dejar que le sacara información, que era lo que Gage pretendía.

Por supuesto, no era nada que ella no pudiese

controlar después de la lección que había aprendido con Whit.

–Muy bien, Faulkner, de acuerdo. Pero la ley de la carretera es que el más experimentado manda y ésa soy yo. Si no puedes soportar que alguien te guíe, dilo ahora.

Gage sonrió.

–Puede soportar todo lo que tú quieras, Lynch.

El motor de la Harley de Lauren no era lo único que rugía mientras Gage se acercaba a ella por el aparcamiento.

La cazadora de cuero acentuaba sus anchos hombros y los zahones de cuero negro sobre los vaqueros que ocultaban el paquete masculino bajo la cremallera eran prácticamente un letrero luminoso.

Gage se detuvo para ponerse el casco y subió a la moto sin decir una palabra mientras Lauren admiraba las largas piernas y las botas que plantó firmemente en el asfalto. Se decía a sí misma que estaba observando su manera de moverse para adivinar si de verdad era capaz de montar una Harley, pero sabía que era mentira.

Estaba guapísimo sobre una Harley. Guapo y sexy.

Y eso no podía ser.

Pero el traje de motero le quedaba tan bien como un traje de chaqueta italiano.

Haciendo un esfuerzo Lauren apartó la mirada y, después de volver a comprobar la ruta que les habían indicado en la agencia de alquiler, arrancó la moto.

Gage bajó el visor del casco y arrancó su Harley; los músculos de sus piernas tensándose mientras quitaba el basculante haciéndola pensar en otras actividades que provocaban la misma flexión. Algo en lo que no debería pensar si quería conservar la cabeza fría.

–¿Listo? –le preguntó, después de aclararse la garganta.

–Listo –contestó él.

Sí, parecía haber montado antes y tenía confianza y seguridad manejando una Harley.

Lauren empezó a sudar a pesar del fresco de la tarde. Un poco de aire en la cara era lo que necesitaba para aclarar sus pensamientos, se dijo.

–Sígueme y vigila las señales que te haga con la mano.

–No te preocupes, iré detrás de ti.

Lauren bajó el visor de su casco y salió del aparcamiento a velocidad normal. Había lidiado con alumnos cabezotas y sabía cuándo usar el acelerador y cuándo ser flexible. Dejar que alguien se hiciera el listo podía provocar un accidente y una muerte en la familia era todo lo que Falcon Air podía permitirse.

Capítulo Cuatro

Una descarga de adrenalina llenaba sus músculos de energía y avivaba sus sentidos mientras el viento se colaba por la cazadora de cuero y entraba por los agujeros de ventilación del casco.

Delante de él, Lauren tomó una curva, su cuerpo moviéndose como uno solo con la máquina, y Gage hizo lo mismo, saboreando la potencia de su Harley. Había tardado casi una hora en sentirse realmente cómodo sobre la moto pero, como si lo hubiera anticipado, Lauren había ido despacio durante la primera parte del camino.

Pero ahora estaba acelerando y se inclinaba más en cada curva.

Gage no sabía cuánto echaba de menos cruzar una carretera como un misil y se encontró a sí mismo sonriendo, encantado de la vida.

En la universidad iba a todas partes en moto por necesidad y en cuanto pudo vender aquel cacharro se juró a sí mismo no volver a hacerlo nunca, pero empezaba a poner en duda esa decisión.

Se concentró entonces en Lauren.

¿Quien era aquella mujer? Era evidente que le encantaba montar en moto y recorrer aquel paisaje lleno de granjas y puentes de madera, con cabras y balas de heno a un lado de la carretera. Las cosas sencillas que iba señalando contradecían la certeza de Trent de que su hermanastra era una mercenaria dispuesta a quedarse con parte del dinero de los Hightower.

De hecho, todo lo que sabía sobre ella contradecía esa opinión. Aunque Trent siempre había sabido juzgar a la gente…

Su amigo había sido el único que le advirtió que Angela estaba mintiendo sobre lo de no querer hijos y sólo estaba con él por dinero.

Una pena que no hubiera sido lo bastante listo como para hacerle caso y dejar a Angela en lugar de casarse con ella. Completamente ciego, se había creído la mentira de que él era todo lo que necesitaba en la vida. Pero un año después, cuando se mostró firme sobre su decisión de no tener hijos, Angela lo dejó, llevándose en el acuerdo de divorcio una gran parte del dinero que tanto le había costado ganar. De haber puesto la cláusula de no tener hijos por escrito, Angela no hubiese podido usar eso contra él…

Pero Gage sacudió la cabeza, intentando olvidar a su ex mujer.

¿Podría Trent estar equivocado sobre Lauren? Lo dudaba. Tal vez era él quien no veía las cosas claras debido a la atracción que sentía por ella.

Lauren se detuvo poco después en un merendero y Gage la siguió. Cuando quitó la llave del contacto, el absoluto silencio del paisaje lo sorprendió.

–Vamos a comer algo antes de volver –dijo ella, levantando el visor del casco.

–Muy bien.

Gage se quitó el casco y al mover los hombros notó algo diferente. El dolor en las cervicales y la espalda que lo venía persiguiendo durante el último año había desaparecido.

¿Cuándo había sido la última vez que se tomó un día libre?, se preguntó entonces. Ni lo recordaba siquiera. Antes solía tomarse unos días de vacaciones con Trent, pero últimamente los dos estaban tan ocupados que ni siquiera podían cenar juntos.

Después de quitarse el casco, Lauren se pasó una mano por el pelo, admirando el paisaje.

–Es precioso, ¿verdad?

Ella era preciosa. Ese gesto suyo, como de alguien que estuviera a la defensiva, había desaparecido y en los ojos tenía un brillo de alegría, de vitalidad, de emoción… todo lo que había faltado en la vida de Gage durante tanto tiempo. Si pudiera absorber su energía lo haría y la tentación lo obligó a dar un paso adelante, hasta que las puntas de sus botas se tocaban.

Sin pensar, levantó una mano para acariciar su mejilla y ella lo miró, sus pupilas ligeramente dilatadas.

Su aroma, una mezcla de cuero, campo y perfume, invadió los sentidos de Gage, llegando directamente a su entrepierna mientras miraba esos labios rosados.

Se dijo a sí mismo que debía apartarse. Dadas las sospechas de Trent, dejarse llevar por esa atracción sería muy mala idea.

Pero no se apartó, todo lo contrario; se echó hacia delante y Lauren levantó un poco la cabeza, sus labios entreabiertos, las pestañas bajadas… al sentir su aliento en la cara, el corazón de Gage se puso a mil por hora.

Y cuando rozó sus labios, suaves, húmedos, sintió como una descarga eléctrica. Pero no eran chispas superficiales, no… las sintió en lo más hondo. Cuando acarició su labio inferior con la lengua pensó que sabía a fresa y a… Lauren.

Ella suspiró y Gage deslizó las manos para apretar la curva de su trasero, atrayéndola hacia él.

Pero Lauren abrió los ojos entonces y, poniendo las dos manos sobre su pecho, lo empujó hacia atrás.

–Olvídalo, Faulkner. No vas a costarme mi puesto de trabajo.

Un golpe de viento pareció puntuar sus palabras, enfriando las brasas que ella misma había encendido. Gage la estudió, en silencio.

¿Quién era Lauren Lynch? ¿La mujer sencilla que disfrutaba de una excursión en moto por el campo o alguien que había decidido llevarse lo que pudiera de sus ricos parientes? Con doscientos mil dólares desaparecidos, Gage debía tener cuidado.

Por Trent, descubriría cuál era el objetivo de Lauren. Era lo mínimo que podía hacer para pagar su deuda.

Pero acostarse con el enemigo no era parte del plan. Por mucho que le apeteciese.

La combinación de lluvia, bajas temperaturas y vientos de setenta kilómetros por hora había añadido un poco de emoción al aterrizaje el jueves por la noche en Knoxville. Pero esas mismas condiciones harían que el viaje a casa en moto desde el aeropuerto fuese una tortura.

Lauren no había llevado un chubasquero porque el informe del tiempo no decía nada sobre lluvias. Tal vez el destino estaba castigándola por olvidarse del sentido común y besar al espía de su hermanastro.

Su pulso se aceleró al recordar el beso, la posesión de su boca, el calor de sus manos en la espalda. Pero no volvería a ocurrir, se dijo.

Gage Faulkner era peligroso, probablemente más que Whit. Ella había sabido lo que quería su ex novio desde que la invitó a cenar por primera vez, pero Gage era más ladino y más engañoso. Y, aunque había cierta atracción entre ellos, también había un gran antagonismo.

Pero ahora conocía su juego: seducirla, desarmarla, hacer que la despidieran.

Y Lauren sabía que no debía tomarse a sí misma por Cenicienta otra vez. Había aprendido de la manera más dura que no había un final feliz para un hombre rico y una chica de clase trabajadora. Los ricos se llevaban de ti todo lo que podían y luego buscaban una compañera más adecuada, con más contactos o más dinero. Como la hija del senador con la que Whit se había casado.

Y eso significaba que debía librarse de Gage. ¿Pero cómo?

Lauren corrió bajo la lluvia para llegar al vestíbulo de la terminal. Había dejado a Gage en la puerta, donde lo esperaba una azafata con un paraguas, y luego había llevado el Mustang hasta su destino en la pista.

Estaba pensando tomar un taxi, pero quería enviarle a su tío Lou la mayor cantidad posible de dinero y llegar hasta su apartamento al otro lado de la ciudad costaría al menos cincuenta dólares, el equivalente a una compra semanal en el supermercado.

Empapada y temblando de frío, abrió la puerta de la terminal… y se quedó parada al ver a Gage. Había tardado un rato en cerrar el avión, esperando que se hubiera ido cuando ella llegase.

–¿Algún problema? –le preguntó.

–Deja tu Harley en el hangar, te llevo a casa.

Lauren abrió la boca para rechazar lo que parecía más una orden que una invitación. Lo último que necesitaba era estar más tiempo con él.

Pero su padre no había educado a una tonta y prefería estar seca que mojada y orgullosa.

–Gracias –dijo por fin–. Espera aquí, tengo que entregar el informe de vuelo.

–Te espero en el coche.

Después de entregar su informe de vuelo y dejar la moto en el hangar del aeropuerto, Lauren se dirigió al SUV negro en el aparcamiento para vuelos privados.

El interior olía a una combinación de colonia masculina y asientos de cuero. Y a Gage.

La lluvia golpeaba el techo del coche, aislándolos del resto del mundo, y Lauren se encontró contrastando su gesto serio con la relajada sonrisa que tenía durante la excursión. Parecía más cercano cuando estaba despeinado, pensó. Y seguramente estaría mejor aún despeinado por la mañana…

Sí, tenía que librarse de Gage Faulkner antes de hacer alguna estupidez como arriesgarse a perder el trabajo besándolo otra vez… o algo peor.

Ella nunca había sido esclava de sus deseos, nunca había sido como una de esas memas del campus que estaban deseando que llegasen las vacaciones para encontrar novio. Claro que ella no había tenido muchas oportunidades de relacionarse con chicos y tal vez por eso Whit la había engañado, haciéndole creer durante unos meses que podía ser algo más que una diversión pasajera.

Lauren guiñó los ojos, intentando ver lo que había delante de ellos, pero la oscuridad, la lluvia y los faros de los coches con los que se cruzaban hacían que fuera casi imposible.

–Toma la próxima salida de la autopista –le dijo, cuando por fin pudo ver el cartel indicador–. Y luego la primera calle a la derecha.

Gage siguió sus instrucciones y cuando llegó a la casa apagó el motor. Lauren salió del coche, abrió la puerta trasera para buscar su bolsa y se sorprendió al chocarse con él cuando se dio la vuelta.

–Lo siento –murmuró–. Gracias por traerme.

–Voy a subir.

–¿Cómo?

–No has dejado ninguna luz encendida.

Algo dentro de ella se derritió. No estaba acostumbrada a que ningún hombre se preocupase por ella.

–No hace falta. Es un barrio muy tranquilo.

–De todas formas, prefiero subir contigo –insistió él. Su tono inflexible le dijo que discutir sería una pérdida de tiempo y, además, no estaba dispuesta a calarse.

Resignada, se dirigió a los escalones y abrió la puerta de su apartamento. Una vez dentro, encendió una lámpara hecha de caracolas que habían recogido su padre y ella en la playa…

Ver esa lámpara le recordó por qué estaba allí y por qué no podía dejar que Gage le estropease el plan.

–¿Lo ves? No pasa nada. Ya te dije que era un barrio muy seguro. No todos los moteros son delincuentes.

Gage miró alrededor, como si estuviera catalogando cada una de sus posesiones.

–Es bonito.

Un suspiro de incredulidad escapó de la garganta de Lauren. El apartamento de dos dormitorios no era precisamente lujoso, pero sí limpio y cómodo. Y su casera, una viuda, era un encanto de mujer. No había muchos muebles y ninguno era elegante, pero tenía todo lo que necesitaba.

Jacqui insistía en ofrecerle regalos o prestarle dinero, pero ella estaba decidida a rechazarlos. Si Jacqueline Hightower quería mostrarle afecto debería haber intentado portarse como una madre durante esos veinticinco años en lugar de intentar comprar su cariño ahora.

–El apartamento me sirve para descansar y eso es todo lo que necesito.

–Muy bien –sonrió Gage–. Buenas noches entonces.

Lauren intentó reunir valor para decir lo que tenía que decir:

–Gage…

–¿Sí?

–Tienes que pedirle a Trent que te asigne otro piloto.

–¿Por qué?

–Porque lo que ha pasado hoy no puede volver a pasar.

Gage se cruzó de brazos.

–No volverá a pasar.

Y, sin embargo, mientras lo decía, no dejaba de mirar sus labios… unos labios que temblaron como respuesta.

–Por favor, pídeselo tú. A mí no me haría caso.

–Y yo tampoco. Eres mía durante la duración de este contrato, Lauren –dijo él.

Y luego salió del apartamento, el sonido de sus pasos resonando en la escalera.

Lauren cerró la puerta y dejó escapar un suspiro de frustración.

Nada bueno saldría de aquello. De eso estaba completamente segura.

Debería haber llamado para decir que estaba enferma, decidió Lauren mientras bajaba del avión.

Había sentido la tentación de hacer novillos aunque se encontraba perfectamente bien, pero ella no había faltado al trabajo ni una sola vez en su vida y no pensaba dejar que su hermanastro y su secuaz la hiciesen cambiar de actitud.

En cualquier otro momento el encargo de aquel día la hubiese llenado de alegría: tres días en San Francisco. Y, además, la oportunidad de pilotar un modelo nuevo de jet, el mejor y más innovador.

Pero los hados no habían dejado de conspirar contra ella.

Lauren lanzó una mirada pesarosa sobre el Sino Swearingen SJ30-2, un avión precioso con una cabina de cine. A menos que pudiese encontrar un mecánico con habilidad para hacer diagnósticos rápidos no podría pilotarlo porque habían perdido la conexión con Internet y sin Internet no podrían reservar habitación en el hotel o hacer las múltiples gestiones que Gage solía hacer durante el viaje.

La puerta de la terminal se abrió en ese momento y uno de sus quebraderos de cabeza salió de ella, media hora antes de la hora establecida.

Gage la miró de arriba abajo, observando el uniforme: la falda estrecha y los zapatos planos. El uniforme de piloto nunca había hecho que se sintiera sexy precisamente, pero la miraba de tal forma que la hacía recordar el beso... un beso con el que había soñado esa noche.

Lauren apretó los labios, intentando controlar tan inapropiada respuesta.

—Llega temprano, señor Faulkner... Gage —se corrigió rápidamente—. Aún tengo un par de cosas que solucionar. ¿Por qué no tomas un café?

—Ya he desayunado —dijo él—. ¿Hay algún problema?

–Hemos perdido la conexión con Internet –suspiró Lauren–. Seguramente será un cable suelto, pero necesito que lo comprueben. Y si no se puede arreglar pediré otro avión. Nuestro Mustang está de servicio hoy…

–No me hará falta Internet en este viaje –la interrumpió Gage.

Pero a ella sí. Tenía que enviar un examen vía e-mail a su tutor y, además, debía ponerse en contacto con su madre, que había decidido hacerse la difícil marchándose al Caribe.

Jugar al gato y al ratón con Jacqui era algo a lo que se había acostumbrado, pero después de dos meses intentando conseguir respuestas seguía sin tener nada y empezaba a pensar que su madre quería evitarla.

–No tardaremos mucho.

–¿Todo lo demás está bien?

–Sí, pero…

–Hoy no tengo mucho tiempo, Lauren. Trent me ha asegurado que este avión puede llegar a San Francisco sin parar para repostar y que puede aterrizar en una pista pequeña.

–Sí, es cierto, pero…

–Lauren, no tengo tiempo para discutir –volvió a interrumpirla Gage, tomándola del brazo.

El calor de su mano penetraba la tela de la chaqueta provocando un millón de sensaciones, pero su actitud autoritaria hizo que Lauren clavase los tacones en el suelo.

–Yo prefiero pilotar un avión en el que todo funcione. Es temprano y tenemos tiempo…

–Si este avión es seguro, y tiene que serlo porque es el avión de tu hermano, nos vamos ahora mismo.

Lauren hubiera querido insistir, pero decidió que sería una pérdida de tiempo. En Hightower Aviation le pagaban por llevar a los clientes de un lado a otro y a Trent le daba igual que no pudiera enviar su examen y, por lo tanto, no consiguiera su licenciatura.

«El cliente siempre tiene razón a menos que se ponga en riesgo la seguridad».

Las palabras de su padre se repetían en la cabeza de Lauren, recordándole por qué estaba allí, de modo que siguió a Gage hasta el avión, decidida a soportar aquellos tres días sin poner en peligro su puesto de trabajo.

Encontrar un hotel que no tuviera conexión a Internet en una zona metropolitana como San Francisco no había sido fácil, pero Gage lo consiguió, como había conseguido que Trent deshabilitara la conexión a Internet del avión para que Lauren no pudiera ponerse en contacto con su madre.

Encore, el pequeño hotel en el distrito Haigh de San Francisco, le había sido recomendado por un antiguo cliente. No tenía gimnasio, ni piscina, ni Internet… nada parecido a los hoteles en los que solía alojarse, pero debía admitir que a pesar de la falta de lujos, el sitio tenía cierto encanto.

Si fuera suyo seguramente no habría pintado las paredes en tono lavanda, pero la edificación victoriana era una propiedad bien mantenida y a juego con las casas de alrededor.

Un cliente interesado en relajarse disfrutaría del paisaje de postal desde las ventanas, pero Gage no tenía tiempo para eso porque estaba haciendo el trabajo de tres asesores.

–¿Quieres más agua, cariño? –le preguntó Esmé, la propietaria–. ¿Más gambas? ¿Otro champiñón relleno?

–No, gracias. Todo está buenísimo, pero si quieres que haga sitio para esa deliciosa cena que has preparado, tengo que dejar de comer –sonrió Gage.

Hubo un tiempo en el que no hubiera rechazado comida porque no sabía cuándo comería otra vez, pero esos días habían quedado atrás.

Cuando volvió de su reunión no estaba interesado en charlar con Esmé, una estrella de telenovelas retirada, o con Leon, su novio de sesenta y tantos años, pero la pareja había conseguido sacarlo al porche, sentarlo en un sillón de mimbre blanco y obligarlo a probar una bandeja de aperitivos. Y también le habían hecho pasar por un interrogatorio digno del FBI.

Y, aunque él lo aceptó, divertido, tenía que buscar a Lauren que, según la pareja, se había ido poco después de que llegasen al hotel esa mañana y aún no había vuelto.

¿Dónde demonios se había metido?

–Ah, ahí está nuestra chica –sonrió Leon.

Algo se encogió dentro de Gage incluso antes de levantar la mirada. Pero cuando lo hizo y vio a Lauren acercándose al hotel, la brisa apartando el pelo de su cara, los últimos rayos del sol dándole a su pelo reflejos cobrizos… sintió algo que no podría explicar.

¿Por qué no podía dejar de pensar en ella? El recuerdo de aquel maldito beso había interrumpido su concentración durante todo el día y ésa era la razón por la que había tenido que llevarse un montón de carpetas para estudiarlas esa noche.

¿Dónde había estado todo el día?, se preguntó luego.

Lauren debió ver a Esmé, que estaba haciéndole gestos desde el porche, porque levantó una mano a modo de saludo. Y Gage supo el momento exacto en que lo había visto porque su sonrisa desapareció. Incluso cambió de paso, como si durante los últimos treinta metros estuviera arrastrando los pies.

Esa reacción tan negativa lo molestó, pero se dijo a sí mismo que no tenía importancia. Él no quería ser su amigo ni su amante.

Admiraba su seguridad, su competencia e inteligencia, pero ésas eran habilidades que la convertían en una buena piloto. Si no podía confiar en ella, tales atributos no importaban nada.

Lauren subió los escalones del porche y Esmé y Leon se levantaron para saludarla como si fuera su nieta, a la que no habían visto en seis meses.

–¿Has encontrado el ciber-café?

–Sí, muchas gracias.

–¿Y has podido enviar tu examen?

–Sí, menos mal. Muchas gracias por todo, Esmé.

¿Había entrado en Internet?

–¿Qué examen? –preguntó Gage.

–Tenía que enviar un examen de economía antes del lunes.

–¿Estás estudiando?

–Sí, en la universidad a distancia, en Florida –contestó ella–. No me necesitabas para nada, ¿no?

–No, no –murmuró él. El objetivo de alejarla de Internet había fracasado, de modo que necesitaba una nueva estrategia.

–¿Y qué estás estudiando?

–Dirección de empresas. Con esta crisis, siempre es bueno tener un plan B.

Ah, ambiciosa también. ¿Pero sería el tipo de persona que usaba a otros para conseguir lo que quería?

Algo no cuadraba. La discrepancia entre lo que Trent pensaba sobre Lauren y lo que él veía era demasiado grande. Afortunadamente le gustaba resolver acertijos porque Lauren Lynch era uno muy complicado.

Esmé le dio una palmadita en la espalda.

–¿Y tu madre? ¿Has podido hablar con ella? Ven, toma una copita de vino. Lo hace Leon.

Lauren tomó un trago e hizo una mueca, pero sonrió para no herir los sentimientos de su anfitrión.

–Está rico –murmuró–. He conseguido localizar a mi madre, pero no podía hablar en ese momento. Me ha dicho que tenía que irse, así que volveré a intentarlo mañana.

–¿Qué necesitas de tu madre? –le preguntó Gage.

–Respuestas –contestó Lauren.

–¿Qué tipo de respuestas?

Ella lo miró a los ojos, molesta por tanta curiosidad.

–Jacqui decidió no ser mi madre durante veinticinco años, así que estaría bien saber por qué ha cambiado de opinión repentinamente.

Eso no era todo. Gage sabía por su expresión que estaba escondiendo algo. ¿Qué podría ser? ¿Y cómo iba a descubrir sus secretos?

–Me dijiste que siempre había sido parte de tu vida.

–Pero no como madre, creo recordar que también te dije eso –replicó Lauren–. Era la «amiga» de mi padre. Iba a verme una vez al año y se quedaba una semana, pero pasaba la mayor parte del tiempo con mi padre. A mí no me importaba porque durante su estancia mi padre se mostraba más feliz que nunca… el pobre la quería. Una pena que ella no sintiera lo mismo.

–Ah, ya veo.

–He hablado con el mecánico esta tarde –siguió ella–. Por lo visto, alguien había quitado el cable de conexión a Internet. No estaba roto ni suelto, se lo habían llevado. ¿Quién podría hacer algo así?

–Buena pregunta –murmuró Gage.

Y una que no tenía intención de contestar ya que lo habían hecho a petición suya.

Capítulo Cinco

La ciudad de San Francisco esperaba y Lauren estaba deseando salir a explorar.

Intentando quitarse de encima un cansancio que una ducha no había podido borrar, apretó el cinturón del albornoz y guardó sus cosas de aseo en el neceser. Había dormido hasta las seis de la mañana, tarde para ella porque solía estar en el avión para entonces. Pero aquella mañana tardó en despertarse porque había dormido mal.

Su habitación compartía una pared con la de Gage y también él debía haberse acostado tarde porque lo había oído moviéndose de un lado a otro durante horas... e incluso había oído su voz.

¿Con quién estaría hablando a esas horas de la noche?

Cuando salió del cuarto de baño para ir a su habitación, la puerta de Gage se abrió y Lauren tragó saliva. Había olvidado que las dos habitaciones compartían un único cuarto de baño.

Sin darse cuenta de lo que hacía se quedó observando su cabello despeinado, los ojos cargados de sueño, el mentón sin afeitar y un torso desnudo seriamente trabajado.

Aquel hombre hacía ejercicio, evidentemente.

Esos hombros, bíceps, pectorales y abdominales no ocurrían por accidente.

Unos pantalones negros cortaban la línea de vello oscuro que se perdía bajo el ombligo. Iba descalzo y, como ella, llevaba una bolsa de aseo en la mano.

–Buenos días –consiguió decir.

–Buenos días –murmuró Gage, deslizando la mirada por el albornoz, que dejaba al descubierto sus piernas. Pero su expresión era indescifrable. Un tipo con su dinero seguramente estaría acostumbrado a modelos y actrices más que a un chicazo que nunca se maquillaba. Pero le daba igual.

–Yo he terminado con el baño, es todo tuyo.

Para entrar en el cuarto de baño tenía que pasar a su lado y, al hacerlo, notó el aroma de su colonia. Pero sobre todo notó su propio olor, uno muy masculino. Y, de repente, sintió que le ardían las mejillas.

–Perdona –murmuró, dirigiéndose a su habitación y respirando profundamente cuando por fin pudo cerrar la puerta.

¿Por qué?, se preguntó, con las rodillas temblorosas. ¿Por qué Gage Faulkner la inquietaba tanto? No era justo que el hombre por el que menos quería sentirse atraída la afectase de tal manera.

Después de ponerse unos vaqueros, jersey y zapatillas de deporte esperó hasta que Gage salió del baño y, tomando la chaqueta y su ordenador portátil, salió de la habitación.

Esmé estaba en el vestíbulo.

–Buenos días, Lauren. El desayuno ya está dispuesto en el comedor.

Ella estuvo a punto de decir que no quería tomar nada, pero su estómago protestó de inmediato.

–Muchas gracias.

–Estaré en la cocina si me necesitas para algo.

Lauren se dirigió al comedor, con las paredes pintadas en color burdeos. El día anterior, cuando Gage se fue a trabajar, Esmé y Leon le habían enseñado la casa y la pasión de sus anfitriones por el proyecto de restauración mostraba que su trabajo había sido una labor llena de cariño.

Pero sólo cuando llegó al ciber-café se dio cuenta de que la pareja había logrado sacarle muchos detalles sobre su vida. En fin, daba igual. Esmé y Leon eran inofensivos y no usarían contra ella lo que les había contado. Al contrario que Gage, quien probablemente usaría cada pieza de información como un arma.

«Ay, papá, ¿por qué pediste un préstamo tan grande?».

Sacudiendo la cabeza, Lauren tomó un plato y una taza del aparador antes de sentarse a la mesa. No tenía sentido preocuparse ya que, por el momento, no podía hacer nada. Los investigadores de la agencia de seguros decidirían si debían darles el dinero del seguro y si no era así…

No quería ni pensar en perder Falcon Air o en qué harían Lou y ella sin la empresa que lo había sido todo para la familia. Lou no había trabajado en ningún otro sitio en más de veinte años y empezar de cero a los sesenta sería muy difícil para él.

Lauren hizo una mueca ante la cantidad de comida que se había ido poniendo en el plato sin pensar: huevos revueltos, beicon, tortilla de verduras y tortitas de canela. En fin, tenía apetito.

Estaba llevándose el tenedor a la boca cuando Gage entró en el comedor con uno de sus perfectos trajes de chaqueta, en este caso de color gris oscuro, con una camisa gris perla y una corbata en los mismos tonos.

–Vas a tener que cambiarte de ropa.

Ella lo miró, perpleja.

–¿Por qué?

–Porque vas a venir conmigo.

No era precisamente lo que ella quería escuchar porque tenía planes para visitar San Francisco.

–Pensé que no nos íbamos hasta el lunes.

–Vamos a la empresa de piezas para ordenadores que he venido a asesorar. Ya que estás estudiando, te vendría bien estudiar el funcionamiento de una empresa de primera mano y ver si has aprendido lo suficiente como para aplicar tus conocimientos.

Esa idea atraía y repelía a Lauren a partes iguales, pero quería descubrir cualquier cosa que la ayudase a sacar adelante Falcon Air. El día anterior, en el ciber-café, había estado haciendo una pequeña investigación sobre su pasajero y, según tres revistas económicas, Gage era uno de los mejores asesores financieros del país.

De modo que tal vez él podría ayudarla con Falcon Air.

No, pensó luego. El espía de su hermanastro estaba buscando algo para desacreditarla y lo último que debía hacer era hablarle sobre las problemáticas finanzas de la empresa.

La atracción que había entre ellos era una complicación adicional, especialmente ahora que lo había visto medio desnudo. ¿No era ya bastante malo revivir el beso cada vez que cerraba los ojos? Ahora lo había visto sin camisa y estaba segura de que esa imagen iba a repetirse en sus sueños...

–Es una idea interesante, pero tengo otros planes.

–No, tienes que venir conmigo.

El tono autoritario la sacó de quicio y, mirando el desayuno que ya no le interesaba y luego al hombre que no debería interesarla en absoluto, Lauren dejó escapar un suspiro.

–¿Tengo que ir contigo porque lo dice mi hermanastro?

–Porque lo digo yo, que soy el cliente.

Acompañar a los clientes no era parte del trabajo de un piloto, pero Lauren sabía que aunque llamase a Trent no serviría de nada porque se pondría del lado de Gage.

–¿Y si no quiero ir contigo?

–¿Por qué vas a desaprovechar la oportunidad de ver las teorías de los libros de economía puestas en práctica? A menos que en realidad no estés interesada en aprender.

–¿Qué estás insinuando?

–Que tal vez te finges una estudiante hasta que en el horizonte aparezca una oportunidad mejor.

–¿Qué clase de oportunidad?

–Una madre rica, por ejemplo. Un trabajo garantizado, un amante con dinero.

Ella lo miró, boquiabierta.

–Veo que mi querido hermanastro me ha estado espiando.

–¿Tienes un amante esperándote en Daytona?

–Mi vida personal no tiene nada que ver contigo o con la empresa Hightower –le recordó Lauren, indignada–. Soy una buena piloto, más que cualificada para trabajar en esta empresa. Pregúntale a mi hermanastro si no me crees... aunque seguramente se le atragantarán las palabras.

–Trent nunca ha dicho que no fueras una buena piloto.

Ella levantó los ojos al cielo, exasperada.

–Mira, mi padre ha muerto y ahora el cincuenta por ciento de Falcon Air es mío. Quiero aprender todo lo que sea posible sobre dirigir una empresa, pero no veo qué podría aprender yendo contigo.

–Yo soy el mejor en mi trabajo.

–Ah, veo que la falta de confianza no es precisamente uno de tus problemas, ¿no?

–Ni de los tuyos.

–Pero yo no me meto en tu vida –replicó Lauren, airada–. Además, es sábado.

–Hay menos interrupciones durante los fines de semana –sonrió Gage, sentándose a la mesa.

La puerta de la cocina se abrió en ese momento y Esmé entró en el comedor con una jarra de café recién hecho antes de que Lauren pudiera escapar.

–Cuánto me alegro de que tengas buen apetito, cariño. A mí me encanta cocinar y me duele mucho cuando mis clientes no quieren tomar más que fruta. Ahora muchas chicas se matan de hambre.

Sintiéndose atrapada, Lauren miró la montaña de comida en su plato, resignándose a desayunar para no decepcionar a Esmé, aunque sabía que el hombre sentado al otro lado seguramente le provocaría una indigestión.

Lauren miró la pila de facturas que Gage le había dado y tuvo que controlar el deseo de poner los ojos en blanco.

Trabajo sin importancia, nada que un adolescente no pudiera hacer. No hacía falta un título universitario para organizar un archivo. Pero no se quejaría porque seguramente eso era lo que él esperaba.

Al otro lado de la sala de juntas, Gage estudiaba unos papeles y suspirando, Lauren se dedicó a organizar y archivar, haciendo algunas notas en los documentos hasta que terminó con todos. Dos horas perdidas, pensó, cuando debería estar visitando San Francisco.

–Ya está.

–¿Has terminado? –le preguntó él, sorprendido.

–Sí. ¿Qué más cosas tienes para mí?

Gage dejó el bolígrafo sobre la mesa y se levantó.

–Déjame ver.

Lauren se levantó también, apartándose de la mesa para sacar un refresco de la nevera.

–¿Tú has hecho estas anotaciones?

–Claro.

–En algunos casos tienes razón –comentó Gage–. No teniendo una relación continua con un proveedor, nuestro cliente está pagando precios diferentes por el mismo producto y no se beneficia de descuento alguno.

–Tu cliente –le recordó ella.

–Sí, bueno…

–Cada negocio tiene su propia versión del plan de viajero frecuente. En Falcon Air, por ejemplo, siempre compramos los repuestos y el combustible al mismo proveedor.

–Muy bien –Gage se acercó a un armario del que sacó unas carpetas–. Esto seguro que te parece más interesante.

–¿Esta empresa tiene una carpeta de inversiones?

–Comprueba cuáles deberían mantener y cuáles crees que deberían dejar –Gage volvió a su sitio al otro lado de la mesa.

Lauren echó un vistazo a la documentación.

–Si necesitan efectivo, ¿por qué invierten a largo plazo? Además, ninguna de estas inversiones aporta grandes dividendos. De hecho, han perdido dinero.

Gage se levantó para mirar el informe de nuevo, esta vez con respeto y admiración.

–Una observación muy inteligente. Cuando termines con esto, te daré las notas que yo he hecho sobre el proyecto.

Lauren levantó una ceja, sorprendida. Eso sonaba casi como a trabajo de equipo. ¿Sería otra prueba o de verdad quería saber lo que pensaba?

–¿Por qué quieres mi opinión sobre algo con lo que yo no tengo nada que ver?

–Porque podrías ofrecer una perspectiva nueva.

–Ya, claro. Pero yo soy una simple estudiante universitaria y mi opinión no se puede comparar con la de un profesional entrenado.

–Lauren, tu perspectiva es fresca. No estás contaminada por lo que ha funcionado o no en otras ocasiones en situaciones similares, como lo estaría un asesor profesional.

–Muy bien –asintió ella. Le daría su opinión y luego tal vez podría marcharse a dar una vuelta por la ciudad.

Pero si seguía mirándola así, como si de verdad le gustase tenerla a bordo, iba a ser un problema porque Lauren no quería gustarle.

Y desde luego, no quería que el sentimiento fuera mutuo.

Había subestimado a su oponente, admitió Gage mientras entraba en el hotel el sábado por la tarde.

–Enséñame tu examen.

Lauren lo miró, perpleja.

–¿Mi examen de economía? ¿Por qué?

Aquel día llevaba la falda de piloto y una sencilla blusa blanca. El conservador atuendo debería darle un aspecto frío, pero se había sujetado el pelo con un lápiz en lo alto de la cabeza y tenía un aspecto juvenil, fresco, inteligente. Una empollona sexy.

Aquel día Lauren se había ganado su respeto con varias observaciones inteligentes e interesantes. Al final, había acabado ahorrándole tiempo y dándole una perspectiva nueva que él no hubiera considerado en otras circunstancias. Trabajaban bien juntos, pero la tregua no era fácil.

Esmé apareció en el vestíbulo con dos vasos.

–Llegáis justo a tiempo –les dijo–. Tomad un mojito, estoy dando los últimos toques a la cena.

Luego volvió a la cocina, su largo vestido floreado flotando tras ella como una cortina empujada por el viento.

–No tengo que pilotar hasta el lunes, ¿verdad? –preguntó Lauren.

–No –contestó Gage.

–Ah, muy bien, entonces puedo tomarme una copa –sonrió ella–. Mmm… qué rico.

Gage tuvo que tragar saliva. Ese gemido había sonado casi como algo sexual y una imagen de su rostro enrojecido de deseo apareció de repente, haciendo que tuviese que parpadear varias veces para aclarar sus pensamientos.

–Me gustaría ver el examen que le has enviado a tu tutor.

–¿Por qué? ¿Crees que te estoy mintiendo?

–No, en absoluto –contestó él, y lo decía con toda franqueza–. Siento curiosidad por saber lo avanzada que vas en tus estudios.

–Aún me quedan varios exámenes para aprobar la última asignatura. No puedo ir a la universidad por mi trabajo… y por el dinero, claro.

Otro recordatorio de lo que podría ganar por su asociación con Jacqueline Hightower. Pero Lauren había demostrado ser una persona íntegra hasta aquel momento.

–Quiero verlo.

–Querrás decir que «te gustaría verlo si yo no tengo inconveniente», ¿no? –replicó ella, molesta.

Gage tuvo que sonreír.

–Sí, disculpa, tienes razón.

–Bueno –Lauren se encogió de hombros–. ¿Por qué no? A lo mejor después de verlo puedes decirle a mi hermano que no soy tan tonta como él quiere creer.

–Trent nunca ha dicho que fueras tonta. Y, además, yo no dependo de la opinión de tu hermanastro. Lo que haya entre tú y yo es asunto nuestro a menos que le concierna a él directamente.

Lo que no le dijo era que necesitaba datos y, por el momento, tenía pocos que compartir.

–Los Hightower, todos menos Jacqui, están convencidos de que estoy aquí para exigir una parte de la herencia. De lo que no parecen darse cuenta es que de haber querido ganarme el afecto de Jacqui para llegar a su cuenta bancaria me habría mudado a la mansión Hightower como ella me pidió.

–¿Por qué no lo has hecho?

–Porque no soporto la idea de ver la cara de Trent todos los días –contestó Lauren–. Y porque tener criados pendientes de mí en todo momento es algo a lo que no estoy acostumbrada. Además, me gusta tener mi independencia.

Mientras subían la escalera Gage intentó no mirar su trasero… pero era imposible. Lauren era esbelta, con curvas en los sitios adecuados, y tenía unas piernas preciosas. Largas, bien torneadas. Mientras estaban trabajando lo había distraído cada vez que cruzaba las piernas. Una distracción deliciosa, claro.

¿Qué le pasaba?, se preguntó. No la conocía de

nada y por lo que Trent le había contado Lauren podría estar engañándolo para conseguir lo que quería.

Pero la verdad era que ya no creía eso. Había tenido mujeres persiguiéndolo desde que ganó su primer millón y Lauren Lynch no se parecía a ninguna de ellas. De hecho, actuaba como si no quisiera saber nada de él, una novedad y no muy agradable.

La teoría de Trent no se tenía en pie y Gage decidió llamarlo más tarde para peguntar si había descubierto algo sobre el dinero. Aunque Jacqueline podría haberse ido de compras, como era su costumbre.

–Esta mañana, cuando mencioné un amante rico, dijiste que Trent había estado espiándote.

Lauren, que iba a abrir la puerta de su habitación, se detuvo.

–¿Perdona?

–¿Tienes un amante esperándote en algún sitio?

¿Qué clase de hombre perdería de vista a una mujer como Lauren Lynch?, se preguntó. Un tonto, desde luego.

–No estoy saliendo con nadie –contestó ella mientras abría la puerta–. Y no tengo una copia del examen, así que tendrás que leerlo en la pantalla del ordenador.

–Muy bien.

Lauren se mordió los labios, claramente incómoda teniéndolo en su habitación. Pero luego irguió los hombros y encendió el ordenador.

–¿Qué estabas buscando exactamente en la empresa de piezas para ordenador?

Gage se sentó al borde de la cama, porque no había otra silla, e intentó concentrarse en la pregunta. El trabajo no solía ser una prioridad cuando estaba con una mujer en el dormitorio.

–Una manera de incrementar la productividad y los beneficios. Recortar gastos suele ser la manera de hacerlo.

–¿Y has encontrado la manera? Te he visto haciendo muchas anotaciones.

–Sigo asimilando datos.

–Ah, claro, asimilar, comunicar e implementar –sonrió Lauren, dejándose caer sobre la silla.

Gage no podía apartar la mirada de una diminuta marca de nacimiento en forma de herradura que tenía en el cuello. Trent tenía la misma marca, la había visto durante su época de estudiantes, cuando su amigo llevaba el pelo muy corto.

Sin pensar lo que hacía, le quitó el lápiz que sujetaba su pelo, conteniendo el deseo de acariciarlo.

Lauren se puso tensa un momento, pero luego se relajó.

–Ah, el lápiz. Se me había olvidado. He robado un lápiz… la maldición del mundo empresarial.

El brillo burlón de sus ojos cuando se volvió para mirarlo por encima del hombro hizo que Gage tuviese que carraspear.

–Devuélvelo mañana.

–Mañana es domingo.

–Sigue siendo día laborable para mí.

–Sí, bueno, mira, lo de hoy ha sido muy interesante, pero nunca había estado en San Francisco y me apetece conocer la ciudad. Mi padre siempre decía que uno se llevaba una parte de los sitios a los que iba, aunque sólo fuese en el corazón, y me apetece dar un paseo.

Si no lo acompañaba iría de nuevo a ese ciber-café para ponerse en contacto con Jacqui…

–Podemos trabajar por la mañana y cenar en el puerto por la noche –sugirió–. Yo he estado aquí un par de veces y puedo enseñarte la ciudad. Pero, a cambio, tú vas conmigo a la empresa y trabajamos juntos.

–¿Otra orden?

–No, es una petición personal. Agradezco mucho tu ayuda de hoy.

–Muy bien –dijo Lauren por fin, volviéndose para buscar el archivo en el ordenador–. Aquí está el documento. Ven, siéntate…

Cuando iba a levantarse, Gage puso una mano en su hombro. La firmeza de sus músculos lo sorprendió… aunque no debería sabiendo que era capaz de controlar una Harley de doscientos kilos o un avión que pesaba toneladas.

–No te muevas, lo leeré por encima de tu hombro.

Gage dejó su vaso sobre el escritorio y se inclinó un poco para leer el documento. Le gustaba su aroma; un aroma floral que sospechaba era champú más que perfume. Tardó unos minutos en poder concentrarse en la pantalla y cuando lo hizo se quedó sorprendido.

Diez páginas después asintió con la cabeza mientras leía la última línea, mirándola con renovado respeto.

–Has presentado tu teoría muy bien. ¿Se te ocurrió a ti la idea o fue una tarea asignada por el profesor?

–No, es idea mía. Me gusta el café y suelo comprar un par de ellos todos los días pero, por alguna razón, muchas cafeterías cierran en menos de un año. En su deseo de abrir franquicias, muchas cadenas permiten que se abran tiendas demasiado cerca unas de otras, saboteando así la posibilidad de obtener grandes beneficios y terminando en fracaso. Incluso algunos supermercados tienen cafeterías ahora y lo mismo pasa con los grandes almacenes.

Gage asintió. Tenía toda la razón.

¿Podría aquella mujer ser la avariciosa sin escrúpulos que sospechaba Trent? Parecía una persona inteligente, capaz y trabajadora. Sí, era cierto que Trent no se había equivocado sobre Angela, pero también él había aprendido a juzgar a la gente en esos diez años y ninguna de las mujeres con las que había mantenido relación en ese tiempo había logrado engañarlo.

Cuando Lauren se pasó la lengua por los labios Gage no podía apartar la mirada, emboscado por el recuerdo de aquel beso. Y ella debió darse cuenta porque sus pupilas se dilataron.

–Eres impresionante, Lauren Lynch. Si no fueras tan buena piloto, serías una estupenda asesora financiera.

–Gage…

Él no hizo caso del tono de advertencia, inclinándose y robándole su nombre de los labios. Pero ella no se apartó, al contrario. Cuando rozó el labio inferior con su lengua, lo recibió a medio camino. Sabía al azúcar y la menta del mojito, pero sobre todo sabía a ella misma. Y Gage quería más.

Tomándola del brazo para levantarla de la silla la apretó contra su torso y Lauren le devolvió el beso. Besaba como conducía una motocicleta, como pilotaba un avión, comprometida al cien por cien.

Gage acarició su pelo mientras seguía besándola apasionadamente. Su boca era ardiente, húmeda, y no se cansaba de ella. El colchón rozaba sus piernas y la quería en él, de espaldas, debajo de él. Desnuda.

Alargó una mano para desabrochar los botones de su blusa y desabrochó el primero, el segundo… pero entonces Lauren sujetó su mano.

La pasión oscurecía sus ojos y temblaba en sus labios, en su respiración. Gage no sabía qué iba a hacer, tal vez pedirle que se fuera, pero lo que hizo fue abrir su mano y ponerla sobre sus pechos, dejando escapar un gemido.

La blusa y el sujetador estaban en su camino. Él quería tocar su piel.

Sintiendo un deseo tan poderoso que casi lo hacía perder el control enterró la boca en su cuello, inhalando su fragancia. Lauren dejó escapar un gemido y Gage volvió a buscar su boca, enterrando su lengua como quería enterrar su cuerpo en ella. Lauren respondió presionando las caderas contra su erección, detonando una explosión en su entrepierna.

Una campanita sonó en la distancia, pero no hizo caso, abriendo la blusa de Lauren para acariciar los satinados triángulos del sujetador. Metiendo los pulgares bajo la tela rozó sus pezones y ella dejó escapar un gemido de frustración que estuvo a punto de hacerlo caer de rodillas.

–La cena –dijo entonces Lauren con voz ronca, sus labios rozando los de Gage.

–A la porra la cena.

Ella rió, sacudiendo la cabeza.

–Dile eso a Esmé y le romperás el corazón.

La blusa de Lauren, que se había salido del elástico de la falda, revelaba unas curvas pálidas bajo el sujetador. Gage dio un paso adelante, pero ella lo detuvo.

–No.

–Lauren…

–No vamos a hacer nada a menos que puedas prometer que no va a costarme mi trabajo.

Trent. Su lealtad, su deuda con él. Gage se dio cuenta de que había olvidado todo eso. Aunque, en aquel momento, le importaba un bledo.

–Tú me deseas tanto como yo.

Ella levantó la mano como si fuera a tocarlo, pero en el último momento se arrepintió.

–Sí, te deseo, pero eso no significa que vaya a dejarme llevar.

Capítulo Seis

«¿En qué estabas pensando?».

Lauren se regañaba a sí misma mientras iban al comedor. Siempre había sido aventurera en su vida profesional, pero muy cauta en sus relaciones personales, en particular con el sexo. ¿Por qué había olvidado eso con Gage?

Claro que aquel hombre sabía besar. Ni siquiera con Whit, del que se había creído enamorada y con el que había esperado casarse, había sentido nunca algo tan potente o tan excitante como la pasión que Gage había despertado en ella.

Pero era un deseo que tenía intención de negarse a sí misma. Ojalá pudiese culpar al alcohol, pero apenas había probado el mojito, de modo que el impulso debía deberse a sus más de trece meses de soltería.

Esmé salió de la cocina con su sempiterna sonrisa para acompañarlos a la mesa en cuanto entraron en el comedor.

–Voy a presentaros al resto de los clientes. Sue y Rob son de Utah –dijo, señalando a una pareja de unos treinta años–. Tracy y Jack son de Austin. Amigos, os presento a Lauren y Gage.

Lauren habría sabido que eran recién casados aunque Esmé y Leon no se lo hubieran contado cuando la llevaron a dar una vuelta por la ciudad porque no dejaban de hacerse arrumacos y carantoñas.

La pareja que tenían enfrente estaba besándose y eso la hizo pensar que Gage y ella podrían estar haciendo lo mismo si no le importase su trabajo. Y si pudiera olvidar el hecho de que el hombre que estaba sentado a su lado no le gustaba siquiera. Claro que el antagonismo había desaparecido cuando empezaron a trabajar juntos más como un equipo que como dos oponentes.

Esmé sirvió otra ronda de mojitos antes de que Lauren pudiese decir nada, pero beber alcohol era lo último que necesita en ese momento.

Leon entró poco después con una bandeja de chiles rellenos, arroz y frijoles charros y a Lauren se le hizo la boca agua. La cocina mexicana siempre había sido su favorita.

–Servíos vosotros mismo, estamos en familia –sonrió Esmé, señalando unos cuencos de guacamole.

Lauren alargó la mano para servirse de la primera bandeja, pero Gage había hecho lo mismo y se rozaron sin querer.

–Permíteme…

Ella miró su mano, una mano larga, masculina. Esa misma mano había acariciado sus pechos unos minutos antes… unos pechos que en aquel momento parecían esperar un segundo asalto. Y esperaba que él no lo notase.

Mientras comían, sus piernas se rozaban por debajo de la mesa y Lauren lo miró de soslayo. ¿Lo estaría haciendo a propósito para probarla, para atormentarla?

Seguro que sí. Gage no era la clase de hombre que hacía nada por casualidad.

Tal vez debería rendirse; olvidarse de todo y tomar el placer que le ofrecía durante el tiempo que durase. Trent iba a encontrar una razón, fuera la que fuera, para despedirla tarde o temprano y empezaba a pensar que no iba a conseguir más respuestas de su madre, que no le había devuelto las llamadas en los últimos días.

«Cuidado. No seas idiota».

Pero ella era una mujer que siempre se enfrentaba a un reto. No había conseguido lo que tenía acobardándose y no había mejor manera de quedar por encima de un arrogante como Gage Faulkner que tomando la iniciativa…

Entonces se le ocurrió una idea que la hizo sonreír. Quería pelea, ¿no? Pues le daría una. También ella podía pelear. A ver cómo respondía si jugaba al mismo juego.

Bajo la mesa se quitó el zapato y encontró su tobillo con el pie desnudo. Su respingo de sorpresa fue una buena recompensa por haber tenido que soportarlo esos días. Pero Gage levantó su tenedor como si no hubiera pasado nada.

Decepcionada, Lauren siguió comiendo mientras buscaba el zapato con el pie. Pero antes de que pudiese encontrarlo, el pie de Gage, ahora sólo con el calcetín, rozó el suyo sujetándolo al suelo. Lauren, que iba a meterse el tenedor en la boca, estuvo a punto de metérselo por la nariz.

Gage movió el pie, acariciando su pantorrilla y dirigiéndose hacia la zona que él recientemente había despertado. Lauren intentó apartarse, pero la tenía atrapada. No podía evitar que la tocase sin hacer una escena y no pensaba darle esa satisfacción.

De modo que siguió comiendo, preguntándose cuál debía ser el siguiente paso. Unos minutos después se quitó el otro zapato, cruzó las piernas y pasó un pie por el muslo de Gage.

Él tosió, como si se hubiera atragantado con el arroz, y tuvo que buscar la servilleta a toda prisa en su regazo. Pero no fue su servilleta lo que encontró sino el pie de Lauren.

Intentando controlar la risa miró a las otras parejas, pero los cuatro estaban demasiado ocupados poniéndose ojitos como para fijarse en lo que hacían Gage y ella.

Gage acarició su empeine con el pulgar… afortunadamente, Lauren no tenía cosquillas.

Pero seguía comiendo con la otra mano. ¿Cómo podía masticar y tragar cuando ella apenas podía respirar siquiera? Decidida a no demostrar que estaba nerviosa, Lauren tomó su tenedor y siguió comiendo mientras planeaba su venganza.

Intentó apartar el pie, pero no tuvo suerte. Gage seguía haciendo círculos con un dedo en la planta y ella tuvo que disimular un suspiro de placer. Nunca le habían dado un masaje en los pies y empezaba a pensar que podría ser adictivo.

Pero aquel hombre no peleaba limpiamente.

Claro que, ¿qué hombre lo hacía?

Y, por supuesto, que no jugase limpio significaba que tampoco ella tenía por qué hacerlo.

Lauren metió la mano bajo la mesa y lo agarró

por la muñeca. Su objetivo era desconcertarlo tanto como la había desconcertado él. Y tuvo éxito porque lo sintió temblar ligeramente.

Pero no debería haber empezado aquel juego, pensó, aunque debía admitir que era un buen oponente. Jugar con él la hacía sentir más viva de lo que se había sentido desde la muerte de su padre.

A menos que no hubiera sido sincero al decir que lo que pasara entre ellos era asunto suyo y estuviera dispuesto a irle con el cuento a Trent en cuanto volviesen a Knoxville. ¿Se atrevía a confiar en él?

Lauren miró su boca… que quería probar en sus labios, en sus pechos, por todas partes.

Y Gage lo sabía. Lo veía en el brillo de sus ojos. No sabía cómo había podido leer sus pensamientos, pero Gage Faulkner sabía que lo deseaba. Y el rubor de sus mejillas le decía que el sentimiento era mutuo.

¿Cómo iba a resistirse? Gage era atractivo, inteligente, ambicioso… todo lo que le gustaba en un hombre.

Acostarse con él era algo que le gustaría probar. Pero no se engañaría a sí misma creyendo que cualquier intimidad entre ellos llevaría a una relación. Había demasiadas cosas en su contra: su dinero, su amistad con Trent. Y la lealtad de Lauren hacia Falcon Air.

–¿Y tú, Lauren?

Ella levantó la mirada, sorprendida. La joven rubia que estaba sentada enfrente la miraba con una sonrisa en los labios.

–¿Perdón?

–¿De dónde eres?

–De Daytona, Florida.

–¿Tu familia sigue viviendo allí?

–No, mi padre murió recientemente.

Gage soltó su pie y Lauren volvió a buscar los zapatos por debajo de la mesa.

–¿Y tu madre?

La pregunta inevitable.

–No vivía con nosotros. Crecí con mi padre y su socio.

–¿Tu padre es gay? –exclamó la joven, sorprendida.

–No, no –rió Lauren–. Me refería a su socio en la empresa.

–¿No tenía novias entrando y saliendo de casa?

–No, mi padre era un hombre de una sola mujer. Y como no podía estar con ella, decidió estar solo –Lauren sabía que los ojos de Gage estaban clavados en ella.

–¿Por qué no podían estar juntos?

–Tracy… –la regañó su marido–. Te pido disculpas, Lauren. Somos de un pueblo pequeño donde todo el mundo lo sabe todo sobre los demás.

–No pasa nada –sonrió ella–. Mi madre seguía casada con otra persona, pero te aseguro que yo no he echado de menos lo que no he tenido.

Eso no era del todo cierto. Muchas de sus amigas del colegio no tenían padre, pero no había ninguna que no tuviera madre. A menudo Lauren se había preguntado por qué ella era diferente, pero su padre solía decir: «tu mamá no puede estar con nosotros, cariño».

Y eso era todo lo que podía sacarle hasta el día que cumplió dieciocho años. Demasiado tarde.

De adolescente había inventado una complicada historia sobre la trágica muerte de su madre durante el parto... aunque en realidad algo así era lo que había pasado. La verdad era que su madre había decidido no estar con ella salvo una vez al año. Jacqui había preferido a sus otros hijos y eso le seguía doliendo.

–¿Vosotros dos...? –Sue, la otra mujer, señaló a Lauren y Gage con el dedo–. ¿Sois pareja?

–No –contestaron los dos al mismo tiempo.

–¿A qué te dedicas, Lauren?

–Soy piloto y Gage es un cliente.

–Qué maravilla, piloto...

–Gage es el que tiene el trabajo más emocionante. Una revista de economía le ha votado como el hombre al que uno querría tener a su lado en caso de recesión económica.

Todos los ojos se volvieron hacia él.

–Soy asesor financiero –explicó Gage.

–¿Y qué hace un asesor financiero? –preguntó Tracy.

–Dar consejos sobre mejoras y estrategias a las empresas. Estudio los datos de una compañía e intento ayudarlos a aumentar los beneficios.

–Yo lo he visto en acción esta mañana y es muy bueno –sonrió Lauren.

–Lauren también es muy... habilidosa –dijo Gage–. De hecho, me tiene impresionado. La pasión que pone en todos sus proyectos es extraordinaria.

No estaba hablando de su trabajo como piloto, evidentemente.

–Recuerda lo que te dije el primer día: me encanta manejar nuevos aparatos. En un avión es sólo cuestión de levantar y saber hasta dónde puedes empujar a la máquina antes de... romperla.

Gage respiró profundamente, mirándola con los ojos brillantes.

Reto aceptado.

Lauren pensó que debía estar loca por contemplar la idea de mantener una relación con aquel hombre. Pero no era capaz de pensar en otra cosa y ese tipo de distracción en una cabina podía acabar en desastre.

El silencio llamó la atención de Lauren entonces y cuando volvió la cabeza se dio cuenta de que las otras dos parejas, más Esmé y Leon, estaban mirándolos. Y, por su expresión, todos parecían haberse dado cuenta de que no estaban hablando de aviones.

Esmé se secó las manos en el delantal.

–Voy a terminar con el flan.

Rob, que no había dicho una palabra hasta aquel momento, se aclaró la garganta.

–Yo... Esmé, creo que vamos a saltarnos el postre. ¿Verdad, cariño?

–Sí –contestó ella–. La cena ha sido estupenda, pero creo que necesitamos... descansar un rato. Mañana tenemos muchas cosas que hacer.

Los dos se levantaron de la mesa y salieron del comedor, sus risas en la escalera haciendo eco por el vestíbulo del hotel. Y todos sabían que no iban a dormir precisamente.

–Nosotros también –anunció Tracy, mirando a su marido–. Nuestro vuelo sale a primera hora.

Su desaparición dejó a Gage y Lauren solos con Esmé y Leon.

–Recién casados –sonrió el hombre–. Siempre es lo mismo. Cuesta trabajo hacer que bajen al comedor y siempre se marchan sin terminar la cena.

Lauren deseó que se la tragara la tierra.

–Lo siento, debe haber sido culpa mía. Pero la gente no suele salir corriendo hasta que empiezo a hablar de hidráulica y ratios de compresión.

–Haces que los hombres salgan corriendo, ¿eh? –rió Gage.

Ella hizo una mueca.

–Digamos que saber más que un hombre sobre el motor de un coche tiende a acortar mi lista de posibles pretendientes.

Leon rió mientras recogía los platos de las dos parejas.

–Pues si un hombre se asusta tan fácilmente lo mejor es dejarlo ir porque no es para ti.

Esmé asintió con la cabeza.

–Dejaré la jarra de café en el aparador y el flan en la nevera. Podéis comerlo cuando queráis.

–Gracias. La cena estaba riquísima.

Cuando Esmé y Leon salieron del comedor, Lauren estuvo segura de que iban directamente a la cama. Y lo peor era que ella quería hacer lo mismo, aunque estaba segura de que sería un grave error.

–Te gusta jugar con fuego –dijo Gage.

–Aparentemente, a ti también.

Él se dio la vuelta en la silla, rozándola con la pierna.

–Si subimos ahora mismo a la habitación no voy

a dejarte salir hasta mañana… aunque quieras probar el flan.

Lauren tragó saliva. ¿Debería arriesgarse o ir a lo seguro? En cualquier caso, intuía que si lo hacía sería un problema y si no lo hacía, también.

Capítulo Siete

A Lauren se le puso el corazón en la garganta. Latía tan fuerte como el primer día que se colocó el paracaídas y miró hacia abajo, a punto de lanzarse al vacío.

Sólo los mejores pilotos volaban «al tacto», confiando en su instinto en un momento difícil. Ella siempre había confiado en su instinto y éste le decía que no se echase atrás ahora.

Pero acostarse con un extraño no era algo que estuviera acostumbrada a hacer. Era un riesgo, pero un riesgo que debía aceptar.

Gage Faulkner, el espía de su hermanastro, su antiguo enemigo. Y el hombre que pronto sería su amante.

Lauren intentó reunir valor para dar ese último paso:

—La verdad es que no me gusta el flan.

Sus palabras provocaron un incendio en los ojos de Gage... ¿o habría imaginado esa reacción?

Él se levantó, lenta, deliberadamente, y Lauren se puso en pie, con las piernas temblorosas.

Cuando Gage puso una mano en su espalda, el calor de esa mano pareció atravesar la tela de su blusa; un interludio ardiente de lo que podía esperar si no recuperaba el sentido común en unos segundos.

No, una vez comprometida no se echaba atrás. Deseaba a Gage, quería experimentar la pasión que sólo él parecía despertar. Había una razón por la que había aparecido en su vida ahora, cuando estaba dolida y confusa, y su deber era averiguar por qué. Y no podría hacer eso si huía de sus sentimientos.

Una vez arriba, se detuvieron frente a la puerta de su habitación y Lauren respiró profundamente mientras sacaba la llave del bolsillo con manos temblorosas.

Pero Gage la tomó del brazo antes de entrar.

–Piénsalo bien.

Esas dos sencillas palabras confirmaron su decisión. Que él quisiera saber en el último minuto si había cambiado de opinión le parecía sorprendente. La mayoría de los hombres, llegados a ese punto, no se molestarían en esperar un segundo.

–¿Esto quedará entre tú y yo? –le preguntó–. ¿Trent no va a saber nada?

–Nada en absoluto.

–Entonces entra y hazme el amor, Gage.

El ansia que había en sus ojos era innegable. Incapaz de esperar un segundo más, Gage cerró la puerta y la tomó entre sus brazos, pero Lauren se apartó, riendo, para quitarle la chaqueta y tirarla sobre la silla.

Él dejó que lo desnudase pero, aunque no la estaba ayudando, tampoco se mostraba pasivo y sus ojos prometían una apasionada respuesta.

Lauren resistió el deseo de tocarlo durante el tiempo que le fue posible… pero cinco botones después tuvo que dejarse llevar por la tentación de acariciar su torso. Su piel era cálida, suave, adictiva. Y su aroma era cada vez más fuerte.

Poniendo las dos manos sobre su torso acarició esos magníficos pectorales, los fuertes hombros, los bíceps y antebrazos.

Se sentía satisfecha, pero no del todo, de modo que se inclinó hacia delante y lamió sus masculinos pezones. Gage puso las manos en su cabeza, sujetándola allí, y un gruñido escapó de su garganta, la vibración viajando hasta lo más profundo de su ser.

Luego inclinó la cabeza para buscar sus labios y la devoró con un ansia que la excitaba más que nunca. Estaban abrazados, pero no era suficiente. Piel con piel, piernas enredadas, su cuerpo llenándola. Eso era lo que deseaba.

Lauren metió las manos entre los dos y empezó a desabrochar su cinturón. En un frenético encuentro de besos y caricias, luchó para quitarle el resto de la ropa. Aquella urgencia, aquella desesperación, eran totalmente nuevas para ella.

Su piel estaba tan sensibilizada que cada roce de una prenda parecía una caricia. Pero cuando iba a desabrochar su blusa, Gage apartó sus manos.

–Déjame a mí.

Cuando terminó de desabrocharla la deslizó por sus hombros y mientras caía al suelo pensó que le gustaría ser una de esas chicas que llevaban ropa interior sexy. Pero ella era una chica práctica y su ropa interior era de sencillo algodón blanco.

Aunque, por el brillo ardiente de sus ojos, Gage no estaba decepcionado.

Lauren maldijo las medias, una exigencia del uniforme. Pero, como si entendiera su frustración, Gage tiró de ellas hacia abajo librándola de tan fastidiosa prenda.

Luego se quitó zapatos, calcetines y pantalones y quedó frente a ella con su erección marcada bajo los calzoncillos.

Aunque estaba deseando tocarlo, Lauren se quitó el sujetador… o intentó hacerlo porque Gage sujetó su mano a la espalda para que no consiguiera su objetivo.

–Te deseo…

–Y yo a ti.

La línea de vello oscuro que se perdía bajo el ombligo acariciaba eróticamente su estómago mientras la besaba en el cuello y Lauren dejó de luchar, deseando tomar la ruta que él quisiera, arqueando la espalda, suplicándole en silencio que la hiciera suya… pero él no la complació.

Tembló cuando Gage apartó a un lado el sujetador para rozar sus pezones con los pulgares. Cerró los ojos y su cabeza cayó hacia atrás cuando el placer contrajo sus músculos. Una brisa cálida fue la única advertencia antes de sentir su boca sobre uno de sus pezones. Y cuando se apartó estuvo a punto de gritar de frustración, pero Gage sólo se había apartado un poco para quitarle la prenda y mirarla de arriba abajo con los ojos encendidos.

Lauren se ruborizó. Ella hacía ejercicio y no estaba mal, pero no era una modelo despampanante.

Cuando lo tomó por los hombros para acercarlo de nuevo, Gage inclinó la cabeza para tirar de uno de sus pezones con los labios y eso despertó tal reacción que Lauren tuvo que juntar las piernas, agitada y cada vez más excitada.

Gage se apartó para quitarse el calzoncillo y ella contuvo el aliento. No había estado con muchos hombres, pero ninguno de ellos podría presumir tanto como Gage Faulkner.

Momentáneamente sorprendida por la magnitud del paso que estaba a punto de dar se volvió para calmarse un poco mientras apartaba el embozo de la sábana. Pero él la tomó por la cintura, su ardiente cuerpo como una manta, su erección quemando la base de su espina dorsal.

En silencio, empezó a mordisquear sus hombros y su cuello, empujándola hacia delante para tumbarla sobre el colchón. Estar en esa posición la sorprendió porque no estaba acostumbrada a mostrarse tan vulnerable, pero antes de que pudiera protestar sintió el roce de sus uñas en la espalda, haciendo que se le pusiera la piel de gallina.

Mientras le quitaba las braguitas acarició la curva de su trasero y luego se colocó sobre ella como un semental, pero sin penetrarla. Confundida por su retirada, Lauren se dio la vuelta a tiempo para ver que sacaba un preservativo del bolsillo del pantalón. Afortunadamente o lo hubiese hecho ella, que llevaba una caja en el maletín de vuelo. No porque hubiese tenido relaciones con nadie después de Whit sino porque era una persona prudente.

Pero Lauren tomó el preservativo y lo dejó sobre

el edredón. Había esperado mucho tiempo para volver a acostarse con un hombre y no tenía ninguna prisa. También ella quería hacer su propia exploración, de modo que tomó su mano y se metió uno de sus dedos en la boca, chupándolo suavemente. Inmediatamente sintió que sus músculos se contraían, las venas de su cuello más marcadas que nunca. Luego pasó al siguiente dedo y al otro hasta que Gage se apartó.

Pero Lauren bajó la mano para rozar su miembro y Gage la cubrió con la suya, moviéndola arriba y abajo.

–Te gusta jugar con fuego –murmuró, tumbándola sobre la cama y sujetando sus manos sobre su cabeza.

Esa postura la dejaba abierta y vulnerable, un poco incómoda y muy excitada. Gage capturó un pezón con los labios y Lauren enredó las piernas en su cintura, pero él no la llenó como esperaba. Sencillamente, apoyó su erección sobre ella, dura y ardiente, mientras acariciaba el interior de sus muslos hasta que por fin… por fin, cuando pensó que iba a morir de frustración, sus dedos se enterraron entre sus piernas. El intenso placer hizo que levantase las caderas hacia su mano, jadeando.

Cuando encontró el sitio adecuado empezó a hacer círculos con un dedo, llevándola cada vez más lejos, hasta un punto donde nada importaba más que sus caricias. Experimentaba un deseo que no había sentido antes y, de repente, todas sus neuronas parecieron despertar a la vida y explotar en un millón de estrellas.

Cuando los espasmos terminaron Lauren intentó respirar, pero incluso antes de que hubiese dejado de temblar sintió que Gage se inclinaba para buscarla con la boca.

–Gage, no tienes que…

–Quiero probarte.

El tono ronco de su voz la conmocionó, pero eso no fue nada comparado con el primer roce de su lengua. Lauren cerró los ojos, toda su energía concentrada en ese punto. Gage levantó su trasero con las dos manos para acariciarla con la lengua, las yemas de sus dedos quemando su piel.

Era demasiado excitante, demasiado rápido.

Agarrándose al embozo de las sábanas intentó controlar el orgasmo, pero el golpe de gracia que la hizo perder el control fue el roce de su barba mientras enterraba la cara entre sus piernas.

El orgasmo la pilló por sorpresa, tirando de ella como un paracaídas. Los latidos de su corazón sonaban como el viento en la tela y sentía como si flotara en el aire, balanceándose hasta caer de nuevo sobre el edredón.

Entonces volvió a la realidad. Débil tras el más violento orgasmo de su vida, Lauren abrió los ojos.

–Sabes de maravilla –dijo él.

¿Por qué Gage? ¿Por que había tenido que ser precisamente con Gage Faulkner?, se preguntó. Pero no tuvo tiempo para meditar la respuesta porque él se puso el preservativo y, como si fuera una muñeca de trapo, la tumbó sobre la cama, colocándola en paralelo con los almohadones.

El roce de su miembro en la entrada de su húmeda cueva hizo que anticipara la primera embestida... y Gage no la decepcionó. De un solo empujón la llenó del todo, por completo.

–Mmmm... –suspiró, con la cara enterrada en su cuello.

–Maldita sea, cómo me gustas.

–Tú también a mí –dijo Lauren. Su peso, su olor, la sensación de tenerlo dentro, llenándola. Él marcaba el ritmo y ella lo seguía, clavando los talones en la cama. Besó su cuello, despertando un rugido de placer y, a cambio, Gage le robaba el aliento con besos voraces.

Otro orgasmo empezó a crecer dentro de ella y Lauren apretó su trasero, urgiéndole a ir más deprisa, a estar más cerca. Y entonces volvió a caer al vacío, agarrándose a él con todas sus fuerzas; su propio grito de alivio haciendo eco en la habitación.

Unos segundos después Gage caía sobre ella, sujetándose al colchón con las manos. Lauren enredó los brazos en su cintura y saboreó el roce de su mejilla y su aliento en el cuello.

¿Por qué tenía que ser Gage quien destrozase su infantil ilusión? Ella siempre había creído que esa clase de conexión mágica debía darse entre dos personas que se amaban. Pero apenas lo conocía y, desde luego, no estaba enamorada.

En cuanto a un futuro con él... bueno, ni siquiera se le había pasado por la cabeza.

Poco a poco empezó a pensar con claridad. Lo que había entre Gage y ella sólo era algo temporal y esperaba no tener que arrepentirse.

Rezaba para no haber cometido un error al acostarse con el hombre que, hasta aquel mismo día, era su enemigo.

Gage sabía que había cruzado una línea peligrosa al acostarse con la hermanastra de su mejor amigo. Él era un hombre íntegro y, hasta aquel momento, cualquier pariente de sus amigos había sido intocable, pero se había saltado esa regla con Lauren.

No había podido evitarlo.

Rozó su mano entonces y sintió el deseo de enredar los dedos con los de ella. Raro, muy raro. Gage se contuvo porque él no era dado a gestos cariñosos de ese tipo.

Mirando el techo, intentó lamentar lo que había pasado, pero no podía hacerlo. Quizá cuando su corazón volviese al ritmo normal y recuperase la fuerza en las piernas encontraría un ápice de remordimientos.

Lauren estaba a su lado, con los ojos cerrados, pero sabía que estaba despierta.

–Ha sido… –empezó a decir.

–Asombroso –terminó Gage la frase por ella. Era cierto, no recordaba haber tenido una relación tan intensa o satisfactoria como aquélla.

–Sí, es verdad. Pero no sé si ha sido buena idea –dijo Lauren entonces. Y él pensaba lo mismo–. A lo mejor deberíamos olvidar que ha pasado.

¿Qué? Gage no estaba acostumbrado a que las mujeres desearan no haberse acostado con él y no le gustaba nada.

–Te reto a que lo hagas.

–¿Perdona?

Gage se tumbó de lado, apoyando la cabeza en una mano para mirarla a los ojos.

–Te reto a que olvides lo que acaba de pasar –repitió, deslizando una mano por su abdomen hasta rozar el triángulo de rizos entre sus piernas.

–No va a ser fácil esconder una relación íntima. Trent se dará cuenta. Es un idiota, pero no un estúpido y yo no puedo perder mi trabajo.

Gage nunca le había mentido a Trent y no tenía la intención de empezar a hacerlo.

–¿Durante cuánto tiempo piensas seguir trabajando para la empresa Hightower?

No estaba pensando en una relación, pero tampoco quería dejarla ir hasta que hubiera descubierto qué le había hecho aquella bruja.

–No lo sé. No quiero marcharme hasta…

–¿Hasta cuándo?

–Hasta que haya conseguido de mi madre algo que necesito.

Eso los devolvía a la razón por la que Trent le había pedido ayuda. Su amigo estaba convencido de que Lauren era una buscavidas… ¿estaría en lo cierto?

–¿Dinero? –le preguntó.

Ella lo miró, sorprendida.

–Ya te he dicho muchas veces que no estoy interesada en el dinero de los Hightower. Si no me crees, especialmente después de lo que acaba de pasar, me temo que estoy perdiendo el tiempo.

Su decisión y la sinceridad que había en sus ojos

lo convencieron de que decía la verdad. Pero se había equivocado antes y casi le había costado su hogar y su empresa. ¿Y si de nuevo se dejaba engañar por una mujer guapa?

No, esta vez no. Todo lo que había descubierto sobre Lauren contradecía la opinión de Trent.

–Te creo –le dijo.

Aunque su relación no llegase a ningún sitio, Gage estaba dispuesto a demostrar la inocencia de Lauren como fuera. Incluso si eso significaba tener que pasar con ella cada minuto del día.

Capítulo Ocho

Lauren miró a Gage, sentado frente a ella en un restaurante del puerto. Nunca se había sentido tan unida físicamente a alguien, pero Gage era rico. Era el amigo de Trent y vivía en Knoxville mientras ella vivía en Daytona.

Además, se habían conocido una semana antes.

Entonces, ¿por qué seguía deseándolo aun sabiendo que no había ninguna manera de hacer que aquello funcionara?

«Chica, has perdido la cabeza».

«Sólo estás encandilada con él, no tiene importancia».

Eso esperaba.

Después de pasar la tarde haciendo turismo por San Francisco, montando en tranvías y paseando por el puerto, Gage parecía más alegre, su pelo movido por el viento, el rostro bronceado y totalmente relajado… todo lo contrario al Gage que había visto el día que lo conoció.

Y estaba absolutamente encandilada, era cierto.

–He estado en San Francisco muchas veces y he comido en muchos restaurantes, pero siempre elegidos por mis clientes –sonrió él–. Supongo que he pasado por delante multitud de veces sin verlo siquiera.

–Es fácil perdérselo, está entre dos restaurantes muy llamativos –dijo ella.

–Nunca se me hubiera ocurrido parar a nadie para preguntarle dónde servían el mejor pescado de la ciudad.

Lauren miró la decoración del sencillo restaurante: las mesas de madera, sin mantel, y las sillas de enea no eran gran cosa, pero la vista del mar desde allí era estupenda y la comida aún mejor. Aquél era el tipo de sitio que le gustaba a su padre.

Jacqui se habría quedado horrorizada, por supuesto, a juzgar por los elegantísimos restaurantes a los que los obligaba a ir cuando estaba en Daytona.

Lauren sacudió la cabeza para olvidar tan ingrato recuerdo.

–Es una costumbre que adquirí cuando empecé a aterrizar en sitios que no conocía de nada.

Apenas se habían separado desde que hicieron el amor la noche anterior. Aquella mañana habían trabajado juntos antes de salir a dar un paseo por la ciudad pero, a pesar de eso, apenas conocía a Gage. Y su conversación se había limitado a los sitios que se había perdido en sus anteriores visitas a San Francisco.

–¿Qué haces en tu tiempo libre?

–No tengo mucho tiempo libre –dijo él.

–No puedes trabajar veinticuatro horas al día siete días a la semana.

–No lo creas, me ha costado mucho levantar la empresa.

Ah, ahora entendía que pareciese tener más de treinta y cinco años.

–Mi padre tenía un par de carteles colgados en

113

su oficina. El primero decía: *Ganarse la vida no es lo mismo que vivir la vida.* Y el segundo: *Ama lo que haces y haz lo que amas.* Siempre decía que si moría… –a Lauren se le hizo un nudo en la garganta y tuvo que hacer una pausa–. Decía que si moría respetando esas sencillas reglas habría tenido una vida estupenda. Y es verdad.

Gage la miró, muy serio.

–El idealismo no lleva comida en la mesa.

–¿Qué quieres decir?

–Que perseguir un sueño no es suficiente.

–No estoy de acuerdo. Ojalá todos pudiéramos perseguir un sueño –dijo Lauren.

Como había hecho su padre. ¿Por qué se negaba Jacqui a contarle de qué habían hablado durante su última conversación? Estaba harta, pensó. En cuanto volviera a casa la obligaría a contarle la verdad de una vez por todas.

–Yo prefiero estar seguro de que se pagan las facturas y hay comida en la mesa.

–¿Por lo que te pasó cuando eras niño?

–Exactamente –asintió Gage–. Pero prefiero no hablar del pasado. Venga, vámonos.

La promesa que había en sus ojos hizo que el corazón de Lauren se acelerase. No tenía la menor duda de que volvían al hotel, directamente a la cama. Y ella estaba de acuerdo.

Para ser alguien que se había pasado trece meses sin sexo parecía muy decidida a compensar el tiempo perdido. Estaba tan dispuesta a volver al hotel y a los brazos de Gage que seguramente podría ir corriendo hasta allí.

Pero el sexo no lo era todo. Ver a Gage relajado aquel día dejaba claro que tenía una cosa más que hacer antes de volver a Knoxville.

Alguien tenía que enseñarle a vivir antes de que fuera demasiado tarde y ella era la candidata perfecta. Había tenido suerte de poder contar con su padre, que le explicó que la vida era una jornada y que el destino no era lo más importante. En la vida tenía que haber algo más que trabajo... un concepto que Gage se había perdido por completo.

En cuanto Gage entró en la sala de juntas el lunes por la mañana, Lauren sacó el ordenador de su maletín.

Llevaban cuatro horas trabajando y tenían que volver al aeropuerto... y debía reconocer que casi lamentaba que aquellos días en San Francisco estuvieran a punto de terminar.

Se sonrojó al pensar cómo Gage había monopolizado todo su tiempo en la habitación del hotel. Estaba exhausta, pero feliz porque la vida real y los Hightower volverían a ser intrusos en cuanto el avión aterrizase en Knoxville.

¿Cuánto tiempo duraría su relación antes de que Trent se enterase y la despidiera?

Haciendo una mueca, Lauren encendió el ordenador para comprobar si había recibido la transferencia de Hightower porque tenía que desviar fondos de su cuenta corriente a la cuenta del préstamo, como hacía todos los meses.

Pero lo que vio en la pantalla la dejó sorprendida: según el banco, el préstamo estaba pagado.

No podía ser. Aún debía casi doscientos mil dólares del préstamo que había pedido su padre. Lauren comprobó los últimos movimientos... aparentemente, la deuda había sido pagada el viernes.

¿Qué estaba pasando allí?

Debía ser un error del banco, pensó. Pero no iba a arriesgar su buen crédito dejando de hacer un pago y esperando que ellos descubriesen el error, de modo que sacó el móvil del bolso y llamó al servicio de atención al cliente... donde la dejaron esperando con una horrenda musiquilla.

Lauren miró su reloj. Gage saldría pronto de la reunión, dispuesto a ir al aeropuerto lo antes posible.

Afortunadamente, un minuto después una operadora contestó al teléfono y Lauren le explicó la situación.

La operadora metió sus datos en el ordenador.

—Sí, es correcto. El total del préstamo se pagó el viernes, señorita Lynch.

—Pero no puede ser, yo no lo he pagado. Sigo debiendo casi doscientos mil dólares.

—No, señorita Lynch. Según mi información, el total del préstamo se pagó con un cheque conformado. Recibirá la información por correo en cinco días y si tiene algún problema puede volver a llamarnos.

—Pero es que es imposible. Yo no tengo ese dinero... nadie que yo conozca tiene ese dinero...

Lauren no terminó la frase.

Jacqui.

Su madre tenía que estar detrás del asunto pero,

apretando los dientes, hizo un esfuerzo por mostrarse amable porque la telefonista no tenía la culpa de que su madre quisiera compensar con dinero el haberla abandonado durante tantos años.

Después de colgar llamó inmediatamente a Jacqui, pero su madre no contestó. Seguramente había visto su número en la pantalla y había decidido no hablar con su hija.

Estaba preparándose para dejar otro mensaje en el buzón de voz cuando oyó la voz de su madre:

—Hola, Lauren.

—Jacqui, ¿tú has pagado mi préstamo?

Silencio.

—Sólo quería ayudar.

—Hemos hablado de esto muchas veces y te dije que no quería dinero. No estoy dispuesta a aceptar caridad de ningún tipo...

—Pero cariño...

—¡No me llames cariño! Ni siquiera soy tu hija. Tú me abandonaste, así que guarda tu dinero para tus hijos, tus hijos de verdad.

Odiaba hablar con tanto rencor, con tanto resentimiento, pero no podía evitarlo. Creía haber superado que su madre hubiera preferido a sus otros hijos, pero estaba claro que no era así.

—Lauren, tú eres mi hija tanto como los demás y ellos ya tienen mucho más de lo que necesitan. Tú, por otro lado, apenas puedes llegar a final de mes teniendo que pagar ese préstamo y tu padre habría querido que te ayudase.

La flecha dio en la diana. Su padre había amado lo bastante a aquella mujer como para aceptar las migajas de su afecto. Lauren no sentía ese amor por ella. De hecho, a veces odiaba a Jacqui por haber hecho sufrir tanto a su padre.

–Él me enseñó a ganarme la vida, así que ni deseo ni acepto regalos de ese tipo. Pediré un nuevo préstamo en cuanto vuelva a casa y te devolveré el dinero.

–No voy a aceptarlo.

Frustrada, Lauren se levantó. ¿Por qué todos los Hightower creían que se podía comprar a la gente? ¿Eso era lo que se aprendía al ser criado entre algodones? Pues si era así, se alegraba de habérselo perdido.

–Maldita sea, Jacqui, hemos tenido esta conversación un millón de veces. Tú te perdiste la oportunidad de ser mi madre…

–Y lo lamento cada día, te lo aseguro. Siento muchísimo haber dejado que Kirk te adoptase.

Demasiado poco. Demasiado tarde.

–Tú sabes lo que quiero de ti y estoy empezando a cansarme de esperar. Si no me das lo que te pido, volveré a Daytona y se terminó.

Un ruido hizo que Lauren volviese la cabeza. Gage estaba en el quicio de la puerta, mirándola. ¿Habría escuchado la conversación? Si descubría lo que Jacqui había hecho pensaría que era culpa suya… como lo pensaban sus hermanastros. Todos estarían convencidos de que ella le había pedido ese dinero.

Lauren quería devolverle los doscientos mil dólares, ¿pero le darían un préstamo ahora, dada la precaria situación de Falcon Air?

–Seguiremos hablando cuando vuelva de San Francisco. Espero que estés en la ciudad y me recibas en tu casa –le dijo a su madre antes de colgar.

«Tú sabes lo que quiero de ti y estoy empezando a cansarme de esperar. Si no me das lo que te pido, volveré a Daytona y se terminó».

Para Gage, esas palabras sonaban como una amenaza.

¿Con quién estaba discutiendo Lauren? ¿Y por qué le dolía que estuviera pensando volver a Daytona sin decirle una palabra? Claro que era una estupidez. Dos días de sexo no iban a hacerle saltarse la regla de no mantener una relación seria con nadie.

Su ex mujer y su madre lo habían abandonado al no salirse con la suya, demostrando que el dinero era más importante que el amor. Ellas lo habían curado de cualquier ilusión romántica para siempre, pero debería darles las gracias por tan valiosa lección: «llévate lo que puedas de una relación y luego desaparece».

Él había basado su carrera en esa lección. Revisaba los problemas de una empresa, los solucionaba y luego buscaba otra. De ese modo no había expectativas ni decepciones si los implicados no llevaban a cabo las estrategias recomendadas.

Lauren sonrió mientras cerraba el ordenador, pero parecía tensa, nerviosa.

–¿Todo bien en la reunión?

–Sí, bien. ¿Algún problema?

–Nada que no pueda solucionar –respondió ella.

El muro emocional que había puesto entre los dos desde el primer día estaba allí otra vez y no le gustaba nada. Y, absurdamente, Gage deseó poder solucionar el problema, fuera el que fuera, para volver a la situación del día anterior.

–Tenemos que comer antes de irnos.

–Pediré que te lleven el almuerzo al avión, así acabaremos antes –murmuró Lauren.

–¿Tienes prisa por volver a casa?

–Es un vuelo largo y nos hemos levantado muy temprano, así que estoy deseando llegar. Por no decir que estoy deseando volver a poner las manos en el fabuloso jet de Trent –intentó sonreír ella–. ¿Quieres que te ayude a guardar los papeles?

Su deseo por Lauren aumentó al recordar que habían despertado temprano para hacer el amor… y para hacerlo otra vez en la ducha. Unas imágenes en technicolor de dos cuerpos desnudos aparecieron en su cabeza: Lauren pegada a la pared de la ducha, él besándola…

Gage tuvo que parpadear varias veces para apartar de sí esas imágenes, pero no sirvió de nada.

Y eso lo alarmó. No había deseado así a una mujer en mucho tiempo.

–No, lo tengo todo organizado –respondió por fin–. ¿Nos vamos?

Lauren permaneció extrañamente callada mientras el director de la empresa los acompañaba a la puerta. Gage le dio las últimas indicaciones sobre lo que debía esperar, pero mientras hablaba con él estaba pendiente de Lauren. Él no solía mezclar a las mujeres con el trabajo, pero debía admitir que estaba preocupado por ella.

Mientras iban al aeropuerto en el coche, Lauren seguía en silencio. No la conocía mucho, pero sabía que era una mujer que se comprometía de verdad con todo lo que hacía. Le gustaba su mente analítica, cómo separaba los detalles de un tema para entender la situación general. Trabajar con ella había sido fácil porque compartían muchas ideas.

Le gustaba mucho que supiera pasarlo bien, además. Y ahora mismo no lo estaba pasando bien.

–Esa llamada de teléfono te ha disgustado –le dijo–. ¿Vas a contármelo?

–No es importante –murmuró ella, sacando el móvil del bolso–. Perdona un momento, tengo que llamar al catering del aeropuerto para que suban la comida al avión.

Gage asintió con la cabeza, pero estaba decidido a descubrir qué había pasado antes de despegar.

Sin embargo, una hora después no había logrado nada. Cualquier intento por su parte de entablar una conversación sobre su vida privada había chocado con la necesidad de comprobar si el avión había repostado, con la obligación de introducir los datos del vuelo en el ordenador de a bordo, con los empleados del catering…

Cuando por fin Lauren cerró la puerta del avión, Gage se colocó de modo que cuando se diera la vuelta chocase con sus brazos abiertos.

–¿Ocurre algo?

–Dímelo tú.

–No, tengo que despegar en veinte minutos.

Si él tenía algo que decir, no despegarían. Estaba decidido a descubrir con quién demonios había hablado por teléfono y por qué esa conversación la había disgustado tanto. Y si para eso tenía que quitarle la ropa y comunicarse como mejor lo hacían, que así fuera.

Gage empezó a acariciar su cuello con un dedo…

–Gage…

–¿Has hecho el amor en un avión?

–No.

–Yo tampoco.

–Los clientes… suelen esperar hasta que hemos despegado –murmuró Lauren, pasándose la lengua por los labios.

–Yo no estoy interesado en volar sin piloto.

–Yo tampoco. La posibilidad de tener un accidente no es un afrodisíaco para mí.

–Vamos a sacudir este jet –Gage buscó sus labios mientras una vocecita le preguntaba si se había vuelto loco.

Él nunca mezclaba los negocios con el placer y Lauren era definitivamente esto último.

Pero Lauren se inclinó hacia él y sus lenguas se encontraron en un apasionado abrazo. Su corazón latía como loco y el deseo pesaba en su entrepierna.

–Esto es absurdo –murmuró ella luego, apartándose–. ¿Qué estamos haciendo?

–Vamos a usar unos de estos fabulosos asientos de cuero antes de despegar –consiguió decir Gage, con voz ronca–. Como tú misma has dicho, una vez que volvamos a Knoxville estar juntos no será fácil.

–Todo cambiará entonces, ¿verdad?

–No tiene por qué. Aún no.

Pero ella pronto volvería a Daytona, a su vida normal, y saber eso no lo llenaba de alivio o satisfacción como debería. Y no debía perder la cabeza ahora porque estaba demasiado cerca de su objetivo: que la asesoría Faulkner fuera exactamente lo que él siempre había soñado. Tenía suficiente dinero invertido como para no tener que volver a preocuparse en toda su vida, incluso aunque tuviera que cerrar, aunque hubiera una crisis de proporciones gigantescas.

Gage acarició su mejilla, su cuello, la curva de su garganta. Lauren tenía los ojos cerrados y los labios entreabiertos y aprovechó para besarla, desabrochando impacientemente los botones de la blusa para acariciar sus pechos, metiendo las manos bajo su falda para tocar su trasero, tirando de las medias y las braguitas al mismo tiempo.

–Me encanta cómo me tocas –musitó Lauren, bajando la cremallera de su pantalón para acariciarlo.

Gage dejó escapar un gemido. La deseaba ahora. Cuando encontró el triángulo de rizos entre sus piernas Lauren suspiró y ese suspiro fue la recompensa por haber encontrado el sitio que la volvía loca.

–Me estás metiendo prisa.

–Esto va ser rápido y urgente –dijo Gage con voz ronca–. ¿Algún problema?

–No –rió ella, intentando seguirlo mientras la llevaba hacia uno de los asientos–. Espera, no puedo…

Lauren se agarró a sus hombros cuando la tumbó sobre el lujoso asiento de cuero para acariciarla con la lengua, lamiendo y chupando hasta que le temblaban las piernas. El orgasmo la pilló por sorpresa y Gage la acarició hasta que terminaron los espasmos.

—Tengo un preservativo en el bolsillo izquierdo del pantalón.

Ella se dejó caer en sus brazos, con una sonrisa traviesa.

—Estás muy seguro de ti mismo, ¿no?

—Sé lo que queremos los dos.

—Ah, qué listo. Ahora entiendo que te paguen tanto dinero por tu trabajo —Lauren se inclinó para sacar el preservativo del pantalón. Rasgó el paquetito con los dientes, pero en lugar de ponérselo se inclinó hacia delante y lo tomó en su boca...

Gage tuvo que apoyarse en el respaldo del asiento, a punto de perder el control.

—Lauren...

Ella levantó la cabeza.

—Has dicho que querías algo rápido, ¿no?

Su cálido aliento era una caricia imposible. Una de las cosas que más le gustaban de Lauren era que no se hacía la inocente o intentaba esconder su deseo. Lo deseaba, podía verlo en sus ojos mientras lo acariciaba desde la base a la cabeza...

Gage dejó escapar un gemido de placer.

—Ponme el preservativo y móntame de una vez.

—Sí, señor. ¿He mencionado que el cliente siempre tiene razón?

Lauren lo retó poniéndole el preservativo muy despacio, deslizando los dedos por su miembro

mientras con la otra mano acariciaba sus testículos.
Y esa caricia estuvo a punto de hacerlo explotar.

—Bruja…

Esa palabra, pronunciada con voz estrangulada,
la hizo sonreír.

Gage tiró de su mano y ella trastabilló, probablemente tropezando con las medias que llevaba alrededor de los tobillos mientras se colocaba encima. Después pulsó el botón para reclinar el asiento,
guiándola hacia su erección, y Lauren se inclinó,
introduciéndolo milímetro a milímetro.

Había una seductora sonrisa en sus labios cuando desapareció en ella por completo.

—Me gusta…

—A mí también, cariño, me gusta mucho.

Lauren levantó su falda un poco más para que
Gage pudiese ver cómo lo tomaba, se levantaba y
volvía a hundirlo en su interior. Él la ayudaba a mar-
car el ritmo sujetando sus caderas y a Lauren le temblaban las piernas con cada embestida, sus músculos contrayéndose cuando Gage empujaba hacia
arriba.

Él estaba muy cerca, pero no pensaba terminar
sin ella si podía evitarlo, de modo que se echó hacia
delante para tomar uno de sus pezones en la boca…

Pero el orgasmo llegó sin aviso, sus músculos in-
ternos contrayéndose, explotando desde las extre-
midades y estallando como un geiser. Gage la sujetó por la cintura y se quedó así hasta que, agotado,
se derritió sobre el asiento.

Lauren cayó sobre él, con la cabeza sobre su hombro.

–Vaya…

Su sorprendido tono lo hizo reír. No recordaba haberse reído en la cama con ninguna mujer, pero con Lauren se había reído más en los últimos días que en muchos años. Era tan real, tan honesta en sus reacciones.

Trent estaba absolutamente equivocado sobre ella.

–Acepto ese «vaya» y lo doblo –murmuró, acariciando su espalda por encima de la chaqueta del uniforme mientras esperaba que su respiración volviese a la normalidad.

Lauren levantó la cabeza y al ver que un mechón de pelo rebelde había escapado de su moño sintió el deseo de abrazarla. Pero él no era hombre de abrazos. Los abrazos hacían que la gente esperase más, de modo que se contentó con colocar el mechón tras su oreja y acariciar su cuello.

–Dime con quién hablabas por teléfono antes.

Lauren intentó apartarse, pero Gage la sujetó.

–¿Por qué quieres saberlo?

–Resolver problemas es lo que hago mejor. Deja que te ayude.

Ella lo miró a los ojos durante unos segundos, indecisa, pero al final negó con la cabeza.

–No, esta vez no. Pero gracias por la oferta.

Cuando intentó apartarse de nuevo, Gage la dejó ir. Pero haber perdido el calor de su cuerpo no era lo que lo molestaba. Lo que le dolía era que se hubiera distanciado mentalmente de él.

Gage se vistió a toda prisa mientras ella iba al cuarto de baño y después hizo lo propio para descartar el preservativo y lavarse un poco. Lauren esperaba en la cabina cuando salió, con los hombros erguidos y expresión desafiante.

–No voy a dejar que me distraigas en la cabina, si eso te preocupa.

–Tengo total confianza en tu habilidad como piloto. No arriesgaría mi vida ni siquiera por un amigo como Trent.

Lauren se mordió los labios.

–Hablando de Trent… necesito que me hagas un favor.

–¿Un favor?

–Por favor, no le cuentes nada.

–Cuando dije que lo que hubiera entre nosotros era cosa nuestra hablaba completamente en serio.

–Sólo quería asegurarme –murmuró Lauren–. Bueno, vamos a levantar este pájaro del suelo para volver a casa.

Pero mientras ella organizaba los instrumentos de a bordo Gage se dio cuenta de algo. ¿Cuál era su problema? ¿Por qué aquella mujer lo turbaba de esa manera?

Y entonces lo supo.

Estaba enamorándose de Lauren Lynch.

Capítulo Nueve

El informe del accidente cayó de las manos de Lauren al suelo de su apartamento el jueves por la noche.

Sentía un dolor horrible, una angustia espantosa. La muerte de su padre no había sido un suicidio. El accidente había sido provocado por un defecto mecánico en el avión.

El avión que ella misma lo había ayudado a construir.

Sabía que ella no era ingeniero aeronáutico y que no podía haber predicho que el tornillo se desgastaría con desastrosos resultados. Pero prácticamente había crecido en un hangar, conocía la estructura de los aviones y su mantenimiento de arriba abajo y llevaba diez años trabajando con su padre.

¿Por qué no había notado que había un tornillo defectuoso? ¿Y cómo había podido su padre pilotar el aparato tantas veces sin que ocurriese nada?

Lauren se pasó una mano por la cara, desolada. Tal vez si su padre la hubiera dejado pilotar el avión se habría dado cuenta de algo, tal vez podría haber evitado el desastre. Pero su padre nunca le había dejado tomar los mandos de lo que él llamaba «su bebé».

Tenía que llamar a Lou, pensó. Pero nadie contestaba ni en la oficina ni en el móvil. Lou había vuelto a olvidarse de encenderlo, como siempre. Lauren dejó un rápido mensaje antes de colgar, más angustiada que nunca.

Lou podía controlar cualquier aspecto técnico de un avión, pero odiaba lo que él llamaba «aparatos modernos» como los móviles y sólo recientemente lo había convencido para que usara Internet. Tendría que llamarlo más tarde a casa, pensó, cuando volviese de la bolera, a la que solía ir todos los jueves.

Pero tenía que hablar con alguien en aquel momento, alguien que pudiese entender la contradicción entre la angustia y el alivio que sentía después de leer el informe de los investigadores.

Gage.

Gage sabía mirar las cosas desde diferentes ángulos y tal vez podría ayudarla. No lo había visto desde que volvieron a Knoxville, cuando un Trent malhumorado los había recibido en el aeropuerto, pero lo echaba de menos.

¿Lo que habían compartido en San Francisco habría significado algo para él?, se preguntó. ¿Habría decidido olvidarse del asunto ahora que se había acostado con ella?

Esa idea le dolía y era una estupidez porque no había ninguna posibilidad de un futuro para Gage y ella, pero…

Lo había creído diferente a Whit, y a los hombres como él, que usaban a una mujer y luego se olvidaban de ella en cuanto encontraban un modelo mejor o con mejores contactos. De no haber pensado eso no se habría acostado con Gage.

En cualquier caso, no debía llamarlo. Revelarle la situación financiera de Falcon Air, por la que algunos creían que su padre se había suicidado, no era buena idea siendo amigo de Trent.

De modo que sólo le quedaba Jacqui. Si había vuelto a Knoxville. Jacqui no era precisamente la voz de la razón, pero merecía saber lo que habían descubierto los investigadores.

Lauren tomó las llaves de su camioneta y corrió escaleras abajo. Cuando el viento helado golpeó su cara se percató de que había olvidado ponerse el abrigo, pero daba igual. No quería volver a subir.

Temblando, arrancó la camioneta y se dirigió a la mansión de los Hightower. Con un poco de suerte, Trent no estaría allí.

Veinte minutos después llamaba al timbre y Fritz le abría la puerta.

—Buenas noches, señorita Lynch.

—¿Está mi madre en casa?

—En el salón.

—¿Y Trent?

—No, señorita.

Estupendo.

El mayordomo la acompañó al salón, donde encontró a Jacqui frente a la chimenea, tan impecable como siempre, aquella vez con un vestido azul que destacaba el color de sus ojos.

Lauren no recordaba haber visto nunca a su madre vestida de otra manera y eso siempre había sido un poco apabullante para una niña que solía tener las rodillas despellejadas y el pelo cortado por su padre.

—Lauren, qué sorpresa.

–Siento no haber llamado antes de venir. En realidad, lo sorprendente es que Fritz me haya dejado pasar.

–Fritz sabe que debe dejarte pasar siempre que vengas.

Muy bien, pero con dos décadas de retraso, pensó ella. Además, estar disponible físicamente no era lo mismo que estarlo de corazón.

–Tengo el informe de la investigación. La muerte de mi padre no fue un suicidio.

–Ya te dije que no lo era –Jacqui parecía más tensa que nunca aquella noche.

–¿Y por qué iba a creerte si te niegas a contarme nada más? Por ejemplo, de qué hablaste con mi padre o por qué subió al avión en cuanto te fuiste. Se marchó sin decirle a nadie dónde iba o cuándo volvería, sin informar del plan de vuelo.

–No sé qué decirte…

–De haber sabido alguien su plan de vuelo, mi padre no habría estado tirado en ese pantano durante tanto tiempo.

Jacqui hizo una mueca.

–El forense dijo que había muerto de inmediato, Lauren. No sufrió mientras esperaba que lo rescatasen.

–Eso es lo único que hace soportable la idea de que mi padre muriera solo –replicó ella, intentando contener la emoción.

–¿Qué dice el informe de los investigadores?

–Que el avión tenía un fallo de diseño. Viajaba a máxima velocidad cuando el tornillo de una de las alas se desprendió y estaba volando demasiado cerca del suelo como para intentar un aterrizaje.

Jacqui se cubrió la boca con una mano llena de anillos, pero no pudo disimular un sollozo.

Ver a su madre llorando hacía que Lauren se sintiera incómoda, rara. Sin saber qué hacer, tiró de la costura de sus vaqueros y se aclaró la garganta.

«Los pilotos no lloran», le pareció oír la voz de su padre. De modo que respiró profundamente para calmarse.

–Yo debería haberme dado cuenta de que había un problema cuando desmontamos el avión –siguió–. De haberlo visto, tal vez mi padre seguiría entre nosotros.

Jacqui se dio la vuelta, con los puños apretados.

–No te atrevas a culparte a ti misma por lo que pasó. Tú no tienes la culpa de nada, soy yo quien debería haberlo detenido.

Lauren parpadeó, sorprendida.

–¿Y cómo crees que hubieras podido hacer eso?

–Si no le hubiese dado el dinero… –un sollozo interrumpió la frase.

–¿Dinero para qué?

–Para la evaluación del ingeniero, para las pruebas…

–Espera un momento, ¿qué evaluación?

–¿Kirk no te lo contó?

–¿Contarme qué? ¿De qué estás hablando?

Su madre se acercó al bar para servirse un vaso de whisky y, después de tomar un tragó, se volvió hacia Lauren.

–Kirk se puso en contacto conmigo poco antes de que cumplieras los dieciocho años. Había diseñado un avión que estaba seguro iba a hacerle rico. Sabía que algo fallaba, pero no sabía qué era o cómo solucionar el problema, de modo que me pidió que usara mis contactos para pedir la evaluación de una empresa de ingeniería aeronáutica. Y yo acepté ayudarlo, con la condición de poder decirte que era tu madre y pasar más tiempo contigo. Llevaba años queriendo hacerlo, pero ése no era el acuerdo al que habíamos llegado.

¿Su madre había querido verla? Le resultaba difícil de creer.

—Sobre el dinero…

—Tu padre no podía pagar la factura de un ingeniero y yo había elegido al mejor, por supuesto, así que me encargué de los gastos —Jacqui hizo una pausa para beber otro trago—. El ingeniero descubrió un error en el diseño de las alas y le dijo a tu padre que no se podía corregir. Era la propia estructura del avión lo que fallaba. De hecho, el ingeniero recomendó que no siguiera pilotándolo, pero ese avión era el sueño de tu padre y resultaba imposible disuadirlo. Me convenció para que le prestase dinero con el que seguir trabajado en el diseño y, como yo no era capaz de matar su entusiasmo, seguí financiando el proyecto.

—¿De cuánto dinero estamos hablando?

—Eso es irrelevante. Era mi dinero y podía hacer con él lo que quisiera. Y hasta hace poco nadie lo ha sabido.

—¿Qué quieres decir con hasta hace poco?

—Trent ha estado espiándome y ha descubierto mis recientes transacciones.

Era lógico entonces que su hermanastro sospechase de ella, pero ya lidiaría con eso más tarde.

–Háblame de lo que pasó con mi padre ese día.

–La razón por la que subió al avión… –empezó a decir Jacqui entonces, con la voz rota– es que le pedí que lo dejase, que admitiese la derrota. No por el dinero sino porque tenía miedo de que le pasara algo. Kirk intentaba demostrar que el ingeniero se equivocaba y luego admitió que, sencillamente, no podía rendirse. Necesitaba el dinero de la patente para pagar sus deudas.

Lauren se agarró al respaldo de una silla. Su padre había sabido que el avión tenía un defecto y, sin embargo, había decidido arriesgar su vida. Por dinero. ¿Al final todo en la vida tenía que ver con el dinero?, se preguntó, angustiada.

–¿Por qué no me lo habías contado antes?

–Porque si yo no lo hubiese animado Kirk aún seguiría vivo. No me odies, Lauren. Hice lo que hice porque lo amaba y quería que fuese feliz.

Ella sacudió la cabeza, incrédula.

–Has financiado una misión suicida… qué manera tan extraña de demostrar tu amor. Pero imagino que te pidió dinero porque ya había pedido prestado al banco todo lo que podía. Falcon Air está en sus horas más bajas y apenas podemos pagar las deudas y los gastos. Si los del seguro descubren que el avión tenía un defecto estructural y que mi padre voló en contra de las recomendaciones del ingeniero podrían declarar que su muerte fue una negligencia y negarse a pagar. Y entonces Falcon Air tendría que declararse en bancarrota.

–Yo te daré el dinero que necesites.

–No quiero tu dinero, Jacqui. Lo que quiero es algo que tú no puedes darme.

–Dime qué es y encontraré la manera –le rogó ella.

–Quiero que me devuelvas a mi padre.

Lauren nunca había huido de los problemas, pero en aquel momento desearía estar en la cabina de su Cirrus, sobre las nubes, o volando por alguna autopista sobre su Harley.

Pero sabía que no debía operar ninguno de esos aparatos con aquel estado de ánimo; por eso había parado a un lado de la carretera y miraba el cielo intentando calmarse.

Aunque no debería haber contestado cuando sonó su móvil y en la pantalla vio que era su tío Lou.

–Tú lo sabías –le dijo.

–Sí, lo sabía –respondió él por fin.

Todos le habían ocultado el informe del ingeniero y Lauren se sentía engañada, herida.

–Tu padre era un genio de la aviación y yo estaba seguro de que encontraría la manera de solucionar el problema. Si alguien podía hacerlo, era él.

A Lauren le temblaban tanto las manos que estuvo a punto de tirar el teléfono.

–Pero un experto le dijo que no debía pilotar ese aparato.

–Y los dos sabemos lo que hacía tu padre cuando alguien le decía que algo era imposible: intentar demostrar que no tenían razón. Igual que tú.

Puede que seas la viva imagen de Jacqueline, pero eres hija de tu padre.

Lauren hizo una mueca. No era la primera vez que la acusaban de ser persistente, aunque ella no lo veía como un defecto.

–Yo no me mataría para demostrar que tengo razón.

–Kirk no lo hizo a propósito, cariño.

–¿A nadie le importaba que arriesgase su vida?

–Él no pensaba estar arriesgándola. Ya había hecho cien horas de vuelo en ese avión antes de llamar al ingeniero.

–Pues resulta que se equivocó –replicó Lauren, con un nudo en la garganta–. Tengo que colgar, Lou –dijo luego, antes de hacer alguna estupidez como ponerse a llorar.

«Los pilotos no lloran».

Con el corazón encogido, guardó el móvil en el bolso.

No podía volver a su apartamento vacío y no podía seguir conduciendo sin rumbo por Knoxville.

Gage. Gage la ayudaría a recuperar la perspectiva, se dijo. A la porra lo que pensaran sus hermanastros. Si el seguro se negaba a pagar, la noticia de que Falcon Air se ponía a la venta pronto saldría en los periódicos.

Gage estaba agotado y tenía la sensación de que alguien le había echado un puñado de arena a los ojos. Pasar las últimas treinta y seis horas al lado de la cama de su padre en el hospital lo había dejado exhausto, añorando una cama y una ducha caliente.

Incluso estuvo a punto de no abrir cuando sonó el timbre, pero llevaba incomunicado desde que se acabó la batería de su móvil y había olvidado comprobar los mensajes, de modo que cerró el grifo de la ducha, se puso un albornoz y bajó al primer piso.

¿Quién podía ser?, se preguntó, levantando el visor de la mirilla.

Al ver a Lauren el cansancio desapareció por completo; sus miembros, que un segundo antes le pesaban como piedras, de repente parecían más ligeros.

Ella estaba en el porche, temblando de frío, despeinada y con la frente arrugada en un gesto de preocupación.

–Lauren, ¿qué ocurre?

–Lo siento, sé que es muy tarde, pero tenía que hablar contigo...

–Sí, claro. Entra, por favor –dijo Gage–. ¿Qué ha pasado?

–He recibido el informe sobre el accidente en el que murió mi padre y necesito hablar con alguien.

Gage tomó su mano, fría como el hielo, para llevarla al sofá frente a la chimenea y le pasó un brazo por los hombros. Era un gesto extrañamente cariñoso y reconfortante. Justo lo que Lauren necesitaba en aquel momento.

–¿Qué decía el informe?

–Mi padre no se suicidó. Al menos, no lo hizo intencionadamente.

–No te entiendo.

Lauren le explicó la situación, dejando escapar un suspiro.

–Yo estuve casi tantas horas como él trabajando en ese avión. Debería haber visto el fallo.

–El accidente no fue culpa tuya, Lauren –dijo él, deseando ser un superhéroe para resolver todos sus problemas. No soportaba verla así, con los ojos empañados.

–Si mi padre me hubiera dejado pilotarlo…

–Entonces habrías muerto tú en lugar de tu padre –la interrumpió él–. Mi padre por lo visto también tiene ganas de morir y está dispuesto a hacerlo por algo en lo que cree. Ayudar a otros puede parecer un objetivo admirable, pero no a riesgo de tu propia seguridad –Gage sacudió la cabeza–. Claro que hace años me di cuenta de que no podía controlar su vida. Lo único que puedo hacer es estar cerca para ayudarlo cuando me necesita.

Lauren lo miró, sorprendida.

–¿Qué ha pasado?

Gage no había pensado compartir su pasado con ella, pero ya le había contado más de lo que le había contado a nadie, salvo a Trent. Y Trent lo sabía porque había tenido que sufrirlo con Gage durante la época de la universidad. Sin embargo, sentía el urgente deseo de hablarle a Lauren de su vida, de contarle quién era.

–Te conté que viví en el coche de mi padre durante un tiempo.

–Sí, cuando eras más joven.

–Antes de eso mi padre era el propietario de una inmobiliaria, pero tenía grandes sueños y para cuando cumplí los diez años estaba endeudado hasta el cuello. Y cuando hubo un bajón en el mercado acabó en la ruina porque no estaba preparado. Lo perdimos todo, incluso nuestra casa, y tuvimos que vivir en el coche durante seis meses. Mi padre y yo porque mi madre desapareció sin dejar rastro.

–Qué horror.

–Mi padre no se recuperó nunca, así que entrábamos y salíamos de albergues para personas sin techo porque era incapaz de conseguir un trabajo. No estaba hecho para recibir órdenes o ser el subordinado de nadie. Estaba demasiado acostumbrado a ser el jefe.

–¿Y qué fue de tu madre?

Gage se encogió de hombros.

–Nunca volvimos a saber de ella.

–¿Tu padre sigue vivo?

–Afortunadamente sí, pero no porque no haya intentado matarse.

–No te entiendo.

–Hace siete años le compré una casa, pero él insiste en vivir en albergues para indigentes. Dice haber encontrado su verdadera vocación ayudando a otros, pero la vida en la calle es muy dura y mi padre no duda en intervenir en cualquier pelea y le han pegado otras veces, pero esta semana… –saber lo cerca que había estado de perder a su padre hizo que Gage no pudiera seguir, emocionado–. Esta semana intentó parar una pelea entre dos navajeros que estuvieron a punto de matarlo. He estado en el hospital desde que llegamos de San Francisco.

–¿Por eso Trent estaba esperándonos en el aeropuerto?

–Sí –asintió él–. Esta noche lo han sacado de la UCI y creo que va a salir adelante. Ésa es la única razón por la que he vuelto a casa, para darme una ducha y dormir un rato.

–Lo siento –se disculpó Lauren–. Siento mucho haber venido a molestarte…

–No, por favor. Me encanta que estés aquí.

Y era cierto. Necesitaba contárselo a Lauren, sólo a ella, porque de alguna forma había logrado saltar la barrera que, año tras año, él había ido construyendo a su alrededor.

–Ojalá pudiese creer que mi padre no volverá a meterse en líos, pero sé que no es verdad. Nuestros padres toman decisiones sobre las que no tenemos ningún control y tú no puedes culparte a ti misma por lo que pasó.

–Gracias por escucharme –dijo ella entonces–. Pero ahora debo irme, tienes que descansar.

–No, quédate.

–Pero tienes que dormir.

–Te necesito a ti mucho más –en cuanto hubo pronunciado esa frase supo que era verdad.

Después de ver el fracaso de su padre y la deslealtad de su ex mujer y su madre, Gage había jurado no volver a necesitar a nadie. Pero Lauren lo hacía desear algo más que un futuro con seguridad económica. Lo hacía desear a alguien con quien compartir su vida.

Y permitirse a sí mismo desear algo que nunca podría controlar le daba pánico.

140

Capítulo Diez

El calor de la chimenea en su espalda no podía compararse con el calor en los ojos de Gage. Y cuando la besó lo hizo con tal ternura que Lauren se emocionó. Intentando controlar un sollozo, enterró la cara en su pecho y se abrazó a su cintura con todas sus fuerzas.

Gage acariciaba su espalda mientras besaba su pelo, sin decir nada. Y en ese silencio, descubrió Lauren, estaba todo.

Se había enamorado de Gage Faulkner.

«Vuelve a casa corriendo. Ya tienes tu respuesta, ahora ya puedes irte».

Pero no lo hizo. Aunque ya había pasado por la historia de hombre rico y chica de clase trabajadora y sabía que el final feliz era imposible. El triste final de su relación con Whit le había roto el corazón y no se había sentido tan conectada con él como con Gage. Aquello había sido una fantasía de Cenicienta, esto era…

Era amor. Aterrador y emocionante a la vez. Y no pensaba huir de ello.

Su vida era un desastre en aquel momento y no tenía derecho a arrastrar a Gage con ella, pero si quería tener la mínima oportunidad de construir un futuro con él debía contarle toda la verdad y esperar que la creyese. Y tal vez, si tenía mucha suerte, Gage la ayudaría a encontrar la forma de salvar Falcon Air.

Lauren abrió la boca, pero de su garganta no salió palabra alguna. No, no se lo diría esa noche. Esa noche Gage estaba cansado y quería dormir entre sus brazos sabiendo que lo amaba.

Al día siguiente descubriría si Gage Faulkner iba a romperle el corazón.

Gage batía los huevos mientras intentaba entender por qué la manera en la que Lauren y él habían hecho el amor esa mañana lo molestaba tanto. El prolongado episodio, aunque ardiente y extremadamente satisfactorio, le había parecido un adiós.

Y él no quería decirle adiós. No, no iba a dejarla ir. Lauren lo atormentaba, pero también lo hacía más feliz que ninguna otra persona. Tenerla a su lado esa mañana cuando despertó le había parecido… fabuloso, como algo a lo que podría hacerse adicto.

¿Pero cómo iban a mantener una relación si la vida de Lauren estaba en Daytona y la suya en Knoxville? Sería un suicidio llevarse Falcon Air al campo de los Hightower, pero él había trabajado mucho para reunir a un grupo de personas en las que confiaba por completo, de modo que tampoco podía irse a Daytona.

—Gage —lo llamó Lauren. Y él sintió que se le erizaba el vello de la nuca—. Tengo algo que contarte.

Antes de volverse supo que lo que iba a decir iba a destrozarle la mañana.

–¿Qué?

–Jacqui había estado financiando el proyecto de mi padre durante años.

Eso respondía a la pregunta de Trent sobre dónde había ido el dinero que Jacqui había ido retirando del banco.

–¿De cuánto dinero estamos hablando?

–No lo sé exactamente porque ella no quiere decírmelo. Y, además, ha pagado el préstamo… lo descubrí cuando estaba en San Francisco.

Los doscientos mil dólares, pensó Gage.

«Si no me das lo que te pido, volveré a Daytona y se terminó».

Lauren estaba furiosa cuando hablaba con Jacqui. Y, aparentemente, se había salido con la suya. Pero lo que había hecho era poco menos que una extorsión.

–Gage, yo no quería ese dinero.

Él no la creyó porque había escuchado la conversación.

–Le dije cien veces que no quería su dinero, que lo único que quería era una madre… como las demás niñas. Una madre que estuviera a mi lado cuando la necesitaba, que me diera cosas que el dinero no puede comprar –Lauren dejó escapar un suspiro–. Lo único que quería cuando vine a Knoxville eran respuestas y hasta anoche no me dio ninguna.

En su trabajo, Gage había descubierto que aquéllos que tenían algo que esconder siempre daban más información de la necesaria. Hablaban muy rápido y no te miraban a los ojos… exactamente lo que ella estaba haciendo en aquel momento.

–Pienso devolverle el dinero si puedo, pero...

–¿Pero qué, Lauren?

–Falcon Air tiene graves problemas económicos –suspiró ella–. Antes de que mi padre le pidiese ese dinero había tenido que pedirle un préstamo al banco. Si los del seguro descubren que él sabía que el avión tenía un defecto y aun así decidió pilotarlo podrían no darnos el dinero. Y si eso ocurriera yo perdería Falcon Air... –Lauren lo miró a los ojos entonces–. A menos que tú me ayudes.

Gage dio un paso atrás. Trent había estado en lo cierto: Lauren quería su parte de la fortuna Hightower.

Y se sintió como un idiota por haber creído de nuevo las mentiras de una mujer.

¿Cuál era su problema? ¿Una simple atracción sexual y su cerebro dejaba de funcionar? Pero no iba a dejar que Lauren lo humillase como había hecho Angela.

–Lo que me estás diciendo es que tu padre y tú habéis estado sacándole dinero a Jacqueline durante años y ahora quieres sacármelo a mí.

Ella lo miró, estupefacta.

–¡No! Lo que quiero es que me aconsejes sobre lo que debo hacer con la empresa. Te he visto trabajar y sé que tú puedes hacerlo.

–¿Quieres contratarme?

Lauren se mordió los labios.

–No sé si podría pagar tus honorarios, pero estoy segura de que podríamos llegar a algún tipo de acuerdo.

–¿Qué tipo de acuerdo, sexo a cambio de mis consejos profesionales?

Lauren dio un paso atrás, como si la hubiera abofeteado.

–¿Cómo puedes decir eso?

–Me parece lo más obvio. Tú quieres algo de mí y estás dispuesta a acostarte conmigo para conseguirlo, ¿no es así?

–No, no es así –contestó ella, casi sin voz–. Yo había pensado en un intercambio: mi trabajo como piloto de forma gratuita a cambio de tus consejos. Tú necesitas viajar y yo tengo un avión. Quiero salvar mi empresa y los puestos de trabajo de mis empleados... no quiero tu dinero. Debes creerme, Gage.

–¿Por qué?

–Porque... te quiero.

La descarga de un desfibrilador le hubiese dolido menos. Esa declaración era un ejemplo perfecto de que las mujeres dirían cualquier cosa para conseguir lo que buscaban. ¿Cuántas veces había jurado amarlo su ex mujer? ¿Cuántas veces la había mirado a los ojos y creído sus mentiras?

Y luego Angela y sus abogados habían estado a punto de hacerle perder la Asesoría Faulkner.

Sin embargo, a pesar de todo, quería creer a Lauren y esa debilidad lo repugnaba.

–No.

–¿No? ¿Eso es todo, no?

–Lo siento, pero yo ya no necesito un piloto. Adiós, Lauren. Ya sabes dónde está la puerta.

Ella lo miró a los ojos durante diez segundos, mordiéndose los labios para no llorar antes de darse la vuelta.

Gage se sorprendió de que no insistiera y tuvo

que resistir la tentación de ir tras ella, pero se felicitó a sí mismo por evitar otra desastrosa relación.

Sin embargo, el alivio que había esperado no llegó en ningún momento.

Lauren miraba el cheque de la compañía de seguros contando los ceros una y otra vez.

Y luego miró a su tío Lou.

–Con esto podemos pagar todas las deudas y aún nos quedará un buen colchón. Nuestros problemas económicos han terminado, Lou.

¿Entonces por qué no se sentía feliz?

–Aleluya –dijo él–. Ahora, si podemos resolver nuestros problemas personales, todo irá sobre ruedas.

Lauren se puso tensa. Creía haber sabido disimular lo que le pasaba lanzándose de cabeza al trabajo pero, aparentemente, no había sido así.

–Yo no tengo ningún problema.

–¿Ah, no? Pero si llevas tres semanas lloriqueando. Si tuvieras la cara más larga acabarías pisándotela, hija. Imagino que has dejado algo sin resolver en Knoxville y no me refiero a tu madre.

–Pues te equivocas. Sin confianza no hay nada y eso es lo que he dejado atrás: nada. Venga, llévate este cheque al banco, yo tengo que trabajar.

–Lauren, me duele verte así.

–No te preocupes, Lou. Es como una gripe, sólo hay que sudar un poco y luego se pasa –contestó ella, haciendo un esfuerzo sobrehumano para no llorar mientras salía de la oficina.

Cuando volvió de Knoxville había pedido un nuevo préstamo al banco y en cuanto tuvo el dinero le envió un cheque a Trent, con una breve explicación porque sabía que su madre no aceptaría el dinero. Su hermanastro, naturalmente, no se había molestado en contestar, pero era lo mejor porque ella no quería volver a saber nada de los Hightower.

Al día siguiente pagaría todas las deudas de Falcon Air y eso era lo único importante.

La vida era maravillosa.

¿Entonces por qué no se lo parecía?

La última vez que Gage encontró a Trent esperándolo en el aeropuerto había sido para darle una mala noticia. Y, a juzgar por la expresión de su amigo, aquel día no iba a ser diferente.

Pero fuera cual fuera la catástrofe que lo esperaba, Gage no estaba seguro de tener energía para soportarlo. Durante las tres semanas y media desde que Lauren se marchó había estado trabajando catorce horas al día. Trabajaba y dormía, se duchaba en algún avión y repetía el proceso otra vez durante el vuelo a su siguiente destino. No podía volver a su casa vacía sin imaginar a Lauren frente a la chimenea o en su cama…

Trent lo esperaba en silencio mientras bajaba por la escalerilla y cuando llegó a su lado puso un papel en su mano. Era la copia de un cheque conformado por doscientos mil dólares, firmado por Lauren Lynch.

–¿Qué significa esto? –murmuró, con un nudo en la garganta.

–Lauren me lo ha enviado con una nota diciendo que mi madre no lo aceptará, pero que confía en que yo devuelva los fondos donde correspondan. Y promete hacer pagos de mil dólares al mes para devolver el dinero que mi madre le dio a su padre durante los últimos siete años.

Gage estaba tan cansado que su cerebro no podía procesar tantos pensamientos a la vez.

–¿Estás bien? –le preguntó Trent.

Se había equivocado sobre Lauren. Se había equivocado de medio a medio.

–Tuve miedo de confiar en ella. La llamé mentirosa, creyendo que quería sacarme dinero como hizo Angela… pero era yo quien estaba equivocado. ¿Cómo voy a disculparme por eso?

–Espera un momento. ¿Lauren y tú…? Pero si no me habías dicho nada.

–Porque no era asunto tuyo –contestó Gage, pasándose una mano por el pelo–. La he tratado fatal…

–Y no eres el único. Yo pensé que era una amenaza para la familia e hice todo lo que pude para que se fuera de aquí –le confesó Trent–. Cualquier otro empleado me hubiese puesto una demanda… y mi madre está histérica porque Lauren se niega a responder a sus llamadas. Incluso amenazó con presentarse en Daytona, pero el tío de Lauren le ha advertido que no sería bien recibida.

Gage sabía que Lauren debía estar muy dolida para tomar medidas tan drásticas.

–La quiero –dijo entonces, la frase escapando de sus labios sin que pudiera evitarlo.

–¿Estás enamorado de Lauren? Deberías haberme dicho algo.

–Tengo que encontrar la manera de solucionarlo, Trent. Yo arreglo situaciones, soluciono cosas… es lo único que sé hacer.

¿A quién demonios intentaba convencer? Tendría suerte si Lauren no lo echaba a patadas en cuanto lo viera.

Porque se lo merecía.

–Mi jet es tuyo cuando quieras –dijo Trent, poniendo una mano en su hombro.

–Pero no tengo piloto. Phil está agotado… llévame tú.

–¿Yo? Hace doce años que no me pongo a los mandos de un avión. No pienso arriesgar mi cuello y el tuyo.

–Vamos, Trent. Lauren dijo que ese avión prácticamente volaba solo.

–Pilotar un avión no es como conducir un coche. Ahora todo está informatizado y los mandos son completamente diferentes a los de antes.

–Muy bien, pues búscame un piloto. Llévame a Daytona como sea.

–Ve a casa a darte una ducha y cuando vuelvas te estará esperando –sonrió Trent–. No creo que Lauren te deje entrar en su casa si apareces así.

Capítulo Once

El sexto sentido de Lauren se puso en alerta cuando un avión inesperado giró desde la pista del aeropuerto de Daytona hasta la rampa del hangar de Falcon Air.

Su pulso se aceleró y su estómago dio un vuelco al reconocer el modelo: un Swearingen SJ30–2, el avión de su hermanastro.

No, no podía ser. Trent no podía haber ido a Daytona.

Pero aquel era su avión...

Trent Hightower había invadido su territorio.

¿Qué querría ahora?

Lauren no tenía intención de hablar con él... claro que no le molestaría tanto si hubiera ido a Daytona para disculparse. Para suplicarle que lo perdonase. El imbécil.

O tal vez sería su madre y tampoco quería hablar con ella. No tenían nada que decirse.

Cuando la portezuela se abrió y empezaron a colocar la escalerilla Lauren se dio la vuelta para comentar algo con uno de sus empleados. Si Trent quería hablar con ella tendría que esperar, como la había hecho esperar a ella tantas veces en el despacho de «la esfinge».

Pero cuando no pudo soportar más la tensión decidió volverse para recibir a alguno de sus parientes...

Y se encontró con Gage.

Gage, no Trent. Lauren se quedó inmóvil. No podía respirar, no podía moverse.

Llevaba gafas de sol y la cazadora de cuero negro que había llevado aquel día, cuando fueron de excursión en la moto. Y el pulso de Lauren se volvió loco.

¿Por qué estaba allí? ¿Y por qué iba vestido de esa forma? ¿Y dónde estaba Trent?

Lauren guiñó los ojos para ver si iba tras él, pero sólo vio a uno de los pilotos de Hightower Aviation haciendo las comprobaciones de rutina.

Gage se acercaba a ella, sus botas golpeando el asfalto a un ritmo pausado mientras el corazón de Lauren se desbocaba. Pero, haciendo un esfuerzo colosal, logró contener su rabia. Ella le había entregado su corazón y él la había echado de su casa...

—Hola, Lauren.

Su voz fue como un pellizco en su corazón.

—Hola, Gage.

—Tenemos que hablar.

Ya, claro. ¿Para poder insultarla un poco más? ¿Para arrancar otro trocito de su corazón y pisotearlo sin piedad?

—Estoy trabajando.

—Dime entonces a qué hora debo volver.

—¿Nunca te parece bien?

Gage se quitó las gafas de sol y el remordimiento que vio en sus ojos la hizo contener un suspiro.

–Estoy dispuesto a acampar aquí hasta que decidas hablar conmigo.

–Vete a casa, Gage. Estás perdiendo el tiempo.

Tenía que alejarse de él porque su alergia al polen estaba molestándola otra vez y le lloraban los ojos, de modo que se volvió hacia la oficina.

–Tengo algo para ti.

Ella se detuvo, mirando el sobre que tenía en la mano.

–Es de Trent.

Probablemente sería el cheque por la última semana de trabajo. Aunque no le habría sorprendido que su hermanastro se negara a pagarle porque se había marchado de Knoxville sin dar las correspondientes dos semanas de aviso. Desde que llegó a Daytona había intentado sentirse culpable por eso, pero había fracasado por completo. Trent quería que se fuera y, en su opinión, le había hecho un favor.

Pero en el interior del sobre encontró un cheque por doscientos mil dólares.

Su cheque. No lo habían cobrado.

–Esto no es mío.

–Trent dice que sí –sonrió Gage–. Puedes usar el dinero para pagar el préstamo, pero si te niegas a aceptarlo debo romperlo en pedazos, ésas son sus órdenes. En cualquier caso, Trent dice que no tiene la menor intención de cobrarlo.

–No puede hacer eso.

–Los Hightower pueden hacer lo que quieran, acostúmbrate a la idea. Y tú eres uno de ellos ahora.

–No es verdad, yo me llamo Lynch –replicó Lauren–. ¿Qué pasa, ahora haces de mensajero para los Hightower?

Gage apretó los labios.

–No, pero me ofrecí a traerte el cheque ya que de todas formas venía hacia aquí.

Lauren lo miró de arriba abajo.

–La semana de los moteros es en marzo.

–No he venido aquí para eso. He venido por ti.

Sus pulmones se cerraron como solían hacer cuando la tocaba, aunque ahora estaba a un metro de ella.

–Una pena, porque no estoy disponible.

–Lauren, escúchame, sé que cometí un error.

–Eso no es ninguna noticia.

–He venido para ayudarte a salvar Falcon Air. Y si no encuentro una estrategia de revitalización para la empresa me convertiré en tu socio.

–Gracias, pero ya no necesito tu ayuda. Me han pagado el seguro de vida de mi padre y Falcon va sobre ruedas. Además, ya deberías saber que no acepto caridad.

–Entonces a lo mejor tú puedes ayudarme a mí.

–¿A qué?

–Estoy buscando una propiedad y no conozco Daytona.

–¿Una casa de vacaciones?

–En realidad estoy buscando un local para mi oficina porque voy a traer mi asesoría aquí…

–¿Qué?

–… y una casa. He puesto la mía en venta.

A Lauren se le quedó la boca seca. No sabía a qué estaba jugando, pero no tenía tiempo para juegos.

–¿Qué pasa? ¿En Knoxville hace demasiado frío para ti?

–No, lo que pasa es que me enamoré de una piloto que vive aquí –sonrió él–. He estado hecho polvo desde que se marchó y no puedo concentrarme en nada. Ni siquiera puedo ir a casa porque está vacía sin ella y, si no quiero volverme loco, la única opción era venir a buscarla.

El corazón de Lauren latía a toda velocidad.

–Si eso te parece gracioso es que tienes un extraño sentido del humor, Faulkner.

–No hay nada gracioso en haber estado tan ciego que no veía lo que tenía delante de los ojos. No hay nada gracioso en hacerle daño a una mujer de la que me he enamorado porque me daba demasiado miedo enfrentarme con la verdad.

Lauren tuvo que agarrarse al quicio de la puerta.

–Ése es un golpe bajo.

–Pues aún no has visto nada –sonrió Gage–. Dame una oportunidad para recuperar tu confianza, Lauren. Deja que te demuestre que te quiero.

–¿Y cómo piensas hacer eso?

–No lo sé, pero si pruebo nuevas estrategias durante los próximos cincuenta año estoy seguro de que tarde o temprano encontraré la combinación ganadora –Gage tomó su cara entre las manos, mirándola a los ojos–. Te quiero, Lauren. Me encanta que seas tan auténtica, tan honesta. Me encanta que no finjas ser quien no eres. Me encanta que aprecies las cosas sencillas en lugar de buscar el brillo de los diamantes, que tengas tanto orgullo como para insistir en ganarte lo que tienes y que seas tan cabezota como para insistir cuando sabes que tienes razón. Pero sobre todo me encanta que seas tan generosa como para compartir todo eso conmigo.

A Lauren le ardían las mejillas y cuando se pasó las manos por la cara descubrió que un par de lágrimas rodaban por ellas.

«Los pilotos no lloran, maldita sea».

–No nos conocemos desde hace mucho tiempo –siguió Gage, porque ella estaba muda–, así que iremos todo lo despacio que tú quieras. Lo más importante es que te quiero y deseo pasar el resto de mi vida contigo. Prométeme que me darás una oportunidad, Lauren.

Ella tenía un nudo en la garganta que le impedía hablar. Quería reír, quería llorar. Pero sobre todo quería darle una bofetada por haberla hecho sufrir tanto.

–Si hubieras descubierto todo eso antes no habría tenido que soportar casi un mes de angustia –le espetó, dándole un golpecito en el brazo.

Gage soltó una carcajada que hizo eco por el hangar.

–Espero que nuestros hijos tengan tanto carácter como tú.

–¿Hijos? ¿No te estás adelantando un poco? –rió Lauren–. ¿Cuántos?

–Un hangar lleno de ellos.

Gage la abrazó entonces y Lauren se abrió para él; le abrió los labios, le abrió el corazón, le abrió su vida entera. Sabía tan bien, tan familiar, tan bienvenido que no se cansaba de besarlo.

De modo que le echó los brazos al cuello, enredando los dedos en su pelo y poniendo todo su amor en aquel beso. Y cuando la emoción amenazaba con marearla levantó la cabeza y tomó su cara entre las manos.

–Yo también te quiero y nada me haría más feliz que pasar el resto de mi vida contigo, Gage Faulkner.

En el Deseo titulado
No me olvidarás, de Emilie Rose,
podrás finalizar la serie
PASIÓN DE ALTOS VUELOS

Deseo™

Sin compromisos

MAUREEN CHILD

Después de años dedicado a arriesgar su vida en servicio, el ex marine Jericho King sólo deseaba la soledad de su casa en las montañas y algún romance sin ataduras. Pero cuando Daisy Saxon apareció, sus planes cambiaron totalmente, ya que en una ocasión había prometido que la ayudaría si alguna vez lo necesitaba.

Estaba dispuesto a darle un empleo y un hogar, sin sucumbir a sus deseos. Pero lo que sorprendió al lobo solitario fue enterarse de que el verdadero objetivo de Daisy era quedarse embarazada de él.

¡Ella quería un hijo suyo!

Acepte 2 de nuestras mejores novelas de amor GRATIS

¡Y reciba un regalo sorpresa!

Oferta especial de tiempo limitado

Rellene el cupón y envíelo a
Harlequin Reader Service®
3010 Walden Ave.
P.O. Box 1867
Buffalo, N.Y. 14240-1867

¡Sí! Por favor, envíenme 2 novelas de amor de Harlequin (1 Bianca® y 1 Deseo®) gratis, más el regalo sorpresa. Luego remítanme 4 novelas nuevas todos los meses, las cuales recibiré mucho antes de que aparezcan en librerías, y factúrenme al bajo precio de $3,24 cada una, más $0,25 por envío e impuesto de ventas, si corresponde*. Este es el precio total, y es un ahorro de casi el 20% sobre el precio de portada. !Una oferta excelente! Entiendo que el hecho de aceptar estos libros y el regalo no me obliga en forma alguna a la compra de libros adicionales. Y también que puedo devolver cualquier envío y cancelar en cualquier momento. Aún si decido no comprar ningún otro libro de Harlequin, los 2 libros gratis y el regalo sorpresa son míos para siempre.

416 LBN DU7N

Nombre y apellido	(Por favor, letra de molde)

Dirección	Apartamento No.

Ciudad	Estado	Zona postal

Esta oferta se limita a un pedido por hogar y no está disponible para los subscriptores actuales de Deseo® y Bianca®.
*Los términos y precios quedan sujetos a cambios sin aviso previo.
Impuestos de ventas aplican en N.Y.

SPN-03   ©2003 Harlequin Enterprises Limited

Se busca: madre y esposa

Al ver las atractivas pero implacables facciones del magnate italiano Ricardo Emiliani, Lucy supo que había cometido un error volviendo a la palaciega mansión del lago Garda.

Pero haría cualquier cosa por su hijo, incluso volver con el marido que no la había amado nunca.

Ricardo estaba convencido de que su mujer era una buscavidas, pero el pequeño Marco necesitaba una madre, de modo que mantendría a Lucy cautiva en su isla privada hasta que demostrase que podía ser su esposa… en todos los sentidos.

Cautiva a su lado

Kate Walker

Deseo™

La prometida de su hermano

SANDRA HYATT

Se daba por sentado que el hermano del príncipe Rafael Marconi se casaría con Alexia Wyndham Jones, por lo que a Rafe le sorprendió que le encargaran que llevara a la heredera americana a su país. Sin embargo, le pareció la oportunidad perfecta para descubrir los verdaderos motivos por los que ella había aceptado aquel matrimonio. Con lo que el príncipe no había contado era con la irresistible atracción que empezó a sentir por su futura cuñada. Alexia era más sorprendente y sensual de lo que había supuesto. Pero, ¿se atrevería a poseer a la prometida de otro?

¿Noviazgo o traición?